魔法人聯社 2

魔法科高中的劣等生

The irregular at magic high school

Magian Company

成為世界最強的哥哥。
絕對信任哥哥的妹妹。
這對兄妹為了實現理想的社會而踏出一步時，

混亂與變革的每一天就此揭開序幕——

佐島 勤
Tsutomu Sato
illustration
石田可奈
Kana Ishida

Kadokawa Fantastic Novels

司波達也

魔法大學三年級。
打倒數名戰略級魔法師，向世人展現實力的
「最強魔法師」。深雪的未婚夫。
擔任魔法人協進會的副代表，
成立魔法人聯社。

司波深雪

魔法大學三年級。
四葉家的下任當家。達也的未婚妻。
擅長冷卻魔法。
擔任魔法人聯社的理事長。

安潔莉娜・庫都・希爾茲

魔法大學三年級。
前USNA軍STARS總隊長安吉．希利鄔斯。
歸化日本，擔任深雪的護衛，
和達也、深雪共同生活。

九島光宣

和達也決戰之後，陪伴水波沉眠。
現在和水波一起在衛星軌道上
協助達也。

櫻井水波

光宣的戀人。
曾經陪伴光宣沉眠，
現在和光宣共同生活。

藤林響子

從國防軍退役，在四葉家從事研究工作。
二一〇〇年進入魔法人聯社就職。

遠上遼介

隸屬於USNA政治結社「FEHR」的日本青年。
在溫哥華留學期間，
熱中於「FEHR」的活動，從大學中輟。
使用失數家系「十神」的魔法。

蕾娜・費爾

USNA政治結社「FEHR」的首領。
別名「聖女」，擁有超凡的領袖氣質。
實際年齡三十歲，
看起來卻只像是十六歲左右。

艾莎・錢德拉塞卡

戰略級魔法「神焰沉爆」的發明人。
和達也共同設立「魔法人協進會」，
擔任代表。

愛拉・克里希納・夏斯特里

錢德拉塞卡的護衛，
已習得「神焰沉爆」的
非公認戰略級魔法師。

一条將輝

魔法大學三年級。
十師族一条家的下任當家。

十文字克人

十師族十文字家的當家。
進入自家的土木公司擔任幹部。
達也形容為「如同巨巖的人物」。

七草真由美

十師族七草家的長女。
從魔法大學畢業之後，進入七草家相關企業工作，
後來轉職進入魔法人聯社。

西城雷歐赫特

從第一高中畢業之後，就讀通稱「救難大」的
克災救難大學。達也的朋友。
擅長硬化魔法。個性開朗。

千葉艾莉卡

魔法大學三年級。達也的朋友。
可愛的闖禍大王。

吉田幹比古

魔法大學三年級。出自古式魔法名門。
從小就認識艾莉卡。

柴田美月

從第一高中畢業之後，升學就讀設計學校。
達也的朋友。罹患靈子放射光過敏症。
有點少根筋的認真少女。

光井穗香

魔法大學三年級。
擅長光波振動系魔法。心儀達也。
一旦擅自認定後就頗為一意孤行。

北山雫

魔法大學三年級學生。從小和穗香情同姊妹。
擅長振動與加速系魔法。
情緒起伏鮮少展露於言表。

四葉真夜

達也與深雪的姨母。
四葉家現任當家。

葉山

服侍真夜的高齡管家。

黑羽亞夜子

魔法大學二年級。文彌的雙胞胎姊姊。
從第四高中畢業時，公開自己和四葉家的關係。

黑羽文彌

魔法大學二年級。和姊姊亞夜子是雙胞胎。
從第四高中畢業時，公開自己和四葉家的關係。
乍看只像是中性女性的俊美青年。

花菱兵庫

服侍四葉家的青年管家。
四葉家次席管家花菱的兒子。

七草香澄

魔法大學二年級。
七草真由美的妹妹。泉美的雙胞胎姊姊。
個性活潑開朗。

七草泉美

魔法大學二年級。
七草真由美的妹妹。香澄的雙胞胎妹妹。
個性成熟穩重。

洛基・狄恩

FAIR的首領。表面上是義大利裔的風雅男子，
具備好戰又殘虐的一面。
派人竊取恆星爐所使用的人造聖遺物，
但是真正目的還不得而知。

蘿拉・西蒙

擁有歸類為妖術或巫術的能力，
北非裔的美女。
洛基・狄恩的心腹兼情人。

吳內杏

進人類戰線的領袖。
擁有特殊的異能。

深見快宥

進人類戰線的副領袖。

Glossary
用語解說

魔法科高中
國立魔法大學附設高中的通稱，全國總共設立九所學校。
其中的第一至第三高中，每學年招收兩百名學生，
並且分為一科生與二科生。

花冠、雜草
第一高中用來形容一科生與二科生階級差異的隱語。
一科生制服的左胸口繡著以八枚花瓣組成的徽章，
不過二科生制服沒有。

一科生的徽章

CAD
簡化魔法發動程序的裝置，
內部儲存使用魔法所需的程式。
分成特化型與泛用型，外型也是各有不同。

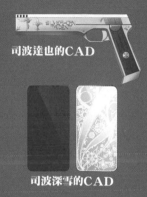

司波達也的CAD

司波深雪的CAD

Four Leaves Technology〔FLT〕
國內一家CAD製造公司。
原本該公司製造的魔法工學零件比成品有名，
但在開發「銀式」之後，
搖身一變成為知名的CAD製造公司。

托拉斯・西爾弗
短短一年就讓特化型CAD的軟體技術進步丨午，
而為人所稱頌的天才技師。

Eidos〔個別情報體〕
原為希臘哲學用語。在現代魔法學，個別情報體指的是
「伴隨事物現象而來的情報」，是「事象」曾經存在於
「世界」的記錄，也可以說是「事象」留在「世界」的足跡。
依照現代魔法學的定義，「魔法」就是修改個別情報體，
藉以改寫個別情報體所代表的「事象」的技術。

Idea〔情報體次元〕
原為希臘哲學用語。在現代魔法學，情報體次元指的是「用來記錄個別情報體的平台」。
魔法的原始形態，就是將魔法式輸入這個名為「情報體次元」的平台，
改寫平台裡「個別情報體」的技術。

啟動式
為魔法的設計圖，用來構築魔法的程式。
啟動式的資料檔案，是以壓縮形式儲存在CAD，魔法師輸入想子波展開程式之後，
啟動式會依照資料內容轉換為訊號，並且回傳給魔法師。

想子
位於靈異現象次元的非物質粒子，記錄認知與思考結果的情報元素。
成為現代魔法理論基礎的「個別情報體」，成為現代魔法骨幹的「啟動式」和
「魔法式」技術，都是由想子建構而成。

靈子
位於靈異現象次元的非物質粒子。雖然已經確認其存在，但是形態與功能尚未解析成功。
一般的魔法師，頂多只能「感覺到」活化狀態的靈子。

魔法師
「魔法技能師」的簡稱。能將魔法施展到實用等級的人，統稱為魔法技能師。

魔法式
用來暫時改變伴隨事物現象而來的情報之情報體。由魔法師持有的想子構築而成。

魔法演算領域

構築魔法式的精神領域，也就是魔法資質的主體。該處位於魔法師的潛意識領域，魔法師平常可以意識到魔法演算領域並且使用，卻無法意識到內部的處理過程。對魔法師本人來說，魔法演算領域也堪稱是個黑盒子。

魔法式的輸出程序

❶從CAD接收啟動式，這個步驟稱為「讀取啟動式」。
❷在啟動式加入變數，送入魔法演算領域。
❸依照啟動式與變數構築魔法式。
❹將構築完成的魔法式，傳送到潛意識領域最上層暨意識領域最底層的「基幹」，從意識與潛意識之間的「閘門」輸出到情報體次元。
❺輸出到情報體次元的魔法式，會干涉指定座標的個別情報體進行改寫。

「實用等級」魔法師的標準，是在施展單一系統暨單一工序的魔法時，於半秒內完成這些程序。

魔法的評價基準（魔法力）

構築想子情報體的速度是魔法的處理能力、
構築情報體的規模上限是魔法的容納能力、
魔法式改寫個別情報體的強度是魔法的干涉能力，
這三項能力總稱為魔法力。

始源碼假說

主張「加速、加重、移動、振動、聚合、發散、吸收、釋放」四大系統八大種類的魔法，各自擁有正向與負向共計十六種基礎魔法式，以這十六種魔法式搭配組合，就能構築所有系統魔法的理論。

系統魔法

歸類為四大系統八大種類的魔法。

系統外魔法

並非操作物質現象，而是操作精神現象的魔法統稱。
從使喚靈異存在的神靈魔法、精靈魔法，或是讀心、靈魂出竅、意識操控等，包括的種類琳琅滿目。

十師族

日本最強的魔法師集團。一条、一之倉、一色、二木、二階堂、二瓶、三矢、三日月、四葉、五輪、五頭、五味、六塚、六角、六鄉、六本木、七草、七寶、七夕、七瀨、八代、八朔、八幡、九島、九鬼、九頭見、十文字、十山共二十八個家系，每四年召開一次「十師族甄選會議」，選出的十個家系就稱為「十師族」。

含數家系

如同「十師族」的姓氏有一到十的數字，「百家」之中的主流家系姓氏也有十一以上的數字，例如「『千』代田」、「『五十』里」、「『千』葉」家。
數字大小不代表實力強弱，但姓氏有數字就代表血統純正，可以作為推測魔法師實力的依據之一。

失數家系

亦被簡稱「失數」，是「數字」遭受剝奪的魔法師族群。
昔日魔法師被視為兵器暨實驗樣本的時候，評定為「成功案例」得到數字姓氏的魔法師，要是沒有立下「成功案例」應有的成績，就得接受這樣的烙印。

各式各樣的魔法

● 悲嘆冥河

凍結精神的系統外魔法。凍結的精神無法命令肉體死亡，
中了這個魔法的對象，肉體將會隨著精神的「靜止」而停止、僵硬。
依照觀測，精神與肉體的相互作用，也可能導致部分肉體結晶化。

● 地鳴

以獨立情報體「精靈」為媒介振動地面的古式魔法。

● 術式解散

把建構魔法的魔法式，分解為構造無意義的想子粒子群的魔法。
魔法式作用於伴隨事象而來的情報體，基於這種性質，魔法式的情報結構一定會曝光，無法防止外力進行干涉。

● 術式解體

將想子粒子群壓縮成塊，不經由情報體次元直接射向目標物引爆，摧毀目標物的啟動式或魔法式這種紀錄魔法的想子情報體，屬於無系統魔法。
即使歸類為魔法，但只是一種想子砲彈，結構不包含改變事象的魔法式，因此不受情報強化或領域干涉的影響。此外，砲彈本身的壓力也足以反彈演算干擾的影響。由於完全沒有物理作用力，任何障礙物都無法防堵。

● 地雷原

泥土、岩石、砂子、水泥，不拘任何材質，
總之只要是具備「地面」概念的固體，就能施以強力振動的魔法。

● 地裂

由獨立情報體「精靈」為媒介，以線形壓潰地面，
使地面乍看之下彷彿裂開的魔法。

● 乾冰雹暴

聚集空氣中的二氧化碳製作成乾冰粒，
將凍結過程剩餘的熱能轉換為動能，高速射出乾冰粒的魔法。

● 迅襲雷蛇

在「乾冰雹暴」製造乾冰顆粒時，凝結乾冰氣化產生的水蒸氣，
溶入二氧化碳氣體使其形成高導電霧，再以振動系與釋放系魔法產生摩擦靜電。以溶入碳酸的水霧或水滴為導線，朝對方施展電擊的組合魔法。

● 冰霧神域

振動減速系廣域魔法。冷卻大容積的空氣並操縱其移動，
造成廣範圍的凍結效果。
簡單來說，就像是製造超大冰箱一樣。
發動時產生的白霧，是在空中凍結的冰或乾冰。
但要是提升層級，有時也會混入凝結為液態氮的霧。

● 爆裂

將目標物內部液體氣化的發散系魔法。
如果是生物就是體液氣化導致身體破裂，
如果是以內燃機為動力的機械就是燃料氣化爆炸。
燃料電池也不例外。即使沒有搭載可燃的燃料，無論是電池液、油壓液、冷卻液或潤滑液，世間沒有機械不搭載任何液體，因此只要「爆裂」發動，幾乎所有機械都會毀損而停止運作。

● 亂髮

不是指定角度改變風向，而是為了造成「絆腳」的含糊結果操作氣流，以極接近地面的氣流促使草葉纏住對方雙腳的古式魔法。只能在草長得夠高的原野使用。

魔法劍

使用魔法的戰鬥方式，除了以魔法本身為武器作戰，還有以魔法強化、操作武器的技術。
以魔法配合槍、弓箭等射擊武器的術式為主流，不過在日本，劍技與魔法組合而成的「劍術」也很發達。
現代魔法與古式魔法兩種領域，都開發出堪稱「魔法劍」的專用魔法。

1.高頻刃

高速振動刀身，接觸物體時傳導超越分子結合力的振動，將固體局部液化之後斬斷的魔法。和防止刀身自我毀壞的術式配套使用。

2.壓斬

使劍尖朝揮砍方向的水平兩側產生排斥力，將劍刃接觸的物體像是左右推壓般割斷的魔法。排斥力場細得未滿一公釐，強度卻足以影響光波，因此從正面看劍尖是一條黑線。

3.童子斬

被視為源氏祕劍而相傳至今的古式魔法。遙控兩把刀再加上手上的刀，以三把刀包圍對手並同時砍下的魔法劍技。以同音的「童子斬」隱藏原本「同時斬」的意義。

4.斬鐵

千葉一門的祕劍。不是將刀視為鋼塊或鐵塊，而是定義為「刀」這種單一概念，依循魔法式所設定的刀路而動的移動系統魔法。被定義為單一概念的「刀」如同單分子結晶之刃，不會折斷、彎曲或缺角，將會沿著刀路劈開所有物體。

5.迅雷斬鐵

以專用武裝演算裝置「雷丸」施展的「斬鐵」進化型。將刀與劍士定義為單一集合概念，因此從接觸敵人到出招的一連串動作，都能毫無誤差地高速執行。

6.山怒濤

以全長一八〇公分的大型專用武器「大蛇丸」所施展的千葉一門的祕劍。將己身與刀的慣性減低到極限並高速接近對手，在交鋒瞬間將至今消除的慣性疊加，提升刀身慣性後砍向對方。這股偽造的慣性質量和助跑距離成正比，最高可達十噸。

7.薄翼蜻蜓

將奈米碳管編織為厚度十億分之五公尺的極致薄膜，再以硬化魔法固定為全平面而化為刀刃的魔法。薄翼蜻蜓製成的刀身比任何刀劍或剃刀都要銳利，但術式不支援揮刀動作，因此術士必須具備足夠的刀劍造詣與臂力。

魔法技能師開發研究所

西元二〇三〇年代，日本政府因應第三次世界大戰當前而緊張化的國際情勢，接連設立開發魔法師的研究所。研究目的不是開發魔法，始終是開發魔法師，為了製造出最適合使用所需魔法的魔法師，基因改造也在研究範圍。

魔法技能師開發研究所設立了第一至第十共十所，至今依然有五所運作中。

各研究所的細節如下所述：

魔法技能師開發第一研究所

二〇三一年設立於金澤市，現在已關閉。

開發主題是進行對人戰鬥時直接干涉生物體的魔法。氣化魔法「爆裂」是衍生形態之一。不過，操作人體動作的魔法可能會引發傀儡攻擊（操作他人進行的自殺式恐怖攻擊），因此禁止研發。

魔法技能師開發第二研究所

二〇三一年設立於淡路島，運作中。

和第一研的主題成對，開發的魔法是干涉無機物的魔法。尤其是關於氧化還原反應的吸收系魔法。

魔法技能師開發第三研究所

二〇三二年設立於厚木市，運作中。

目的是開發出能獨力應付各種狀況的魔法師，致力於多重演算的研究。尤其竭力實驗測試可以同時發動、連續發動的魔法數量極限，開發可以同時發動複數魔法的魔法師。

魔法技能師開發第四研究所

詳情不明，推測位於前東京都與前山梨縣的界線附近，設立時間則估計是二〇三三年。現在宣稱已經關閉，而實際狀況也不明。只有前第四研不是由政府，是對國家具備強大影響力的贊助者設立。傳聞現在該研究所從國家獨立出來，接受贊助者的支援繼續運作，也傳聞該贊助者實際上從二〇二〇年代之前就經營著該研究所。

據說其研究目標是試圖利用精神干涉魔法，強化「魔法」這種特異能力的源泉，也就是魔法師潛意識領域的魔法演算領域。

魔法技能師開發第五研究所

二〇三五年設立於四國的宇和島市，運作中。

研究的是干涉物質形狀的魔法。主流研究是技術難度較低的流體控制，但也成功研究出干涉固體形狀的魔法。其成果就是和USNA共同開發的「巴哈姆特」。加上流體干涉魔法「深淵」，該研究所開發出兩個戰略級魔法，是國際聞名的魔法研究機構。

魔法技能師開發第六研究所

二〇三五年設立於仙台市，運作中。

研究如何以魔法控制熱量。和第八研同樣偏向是基礎研究機構，相對的缺乏軍事色彩。不過除了第四研，據說在魔法技能師開發研究所之中，第六研進行基因改造實驗的次數最多（第四研實際狀況不明）。

魔法技能師開發第七研究所

二〇三六年設立於東京，現在已關閉。

主要開發反集團戰鬥用的魔法，群體控制魔法為其成果。第六研的軍事色彩不強，促使第七研成為兼任戰時首都防衛工作的魔法師開發研究設施。

魔法技能師開發第八研究所

二〇三七年設立於北九州市，運作中。

研究如何以魔法操作重力、電磁力與各種強弱不同的交互作用力。基礎研究機構的色彩比第六研更濃厚，但是和國防軍關係密切，這一點和第六研不同。部分原因在於第八研的研究內容很容易連結到核武開發，在國防軍的保證之下，才免於被質疑暗中開發核武。

魔法技能師開發第九研究所

二〇三七年設立於奈良市，現在已關閉。

研究如何將現代魔法與古式魔法融合，試圖藉由讓現代魔法吸收古式魔法的相關知識，解決現代魔法不擅長的各種課題（例如模糊不明確的術式操作）。

魔法技能師開發第十研究所

二〇三九年設立於東京，現在已關閉。

和第七研同樣兼具防衛首都的目的，研究如何在空間產生虛擬結構物的領域魔法，作為遭遇高火力攻擊的防禦手段。各式各樣的反物理護壁魔法為其成果。

此外，第十研試圖使用不同於第四研的手段激發魔法能力。具體來說，他們致力開發的魔法師並非強化魔法演算領域本身，而是能讓魔法演算領域暫時超頻，因應需求使用強力的魔法。但是成功與否並未公開。

除了上述十間研究所，開發元素家系的研究所從二〇一〇年代運作到二〇二〇年代，但現今全部關閉。此外，國防軍在二〇〇二年設立直屬於陸軍總司令部的秘密研究機構，至今依然獨自進行研究。九島烈加入第九研之前，都在這個研究機構接受強化處置。

戰略級魔法師——十三使徒

現代魔法是在高度科技之中培育而成，
因此能開發強力軍事魔法的國家有限，
導致只有少數國家能開發匹敵大規模破壞武器的戰略級魔法。
不過，開發成功的魔法會提供給同盟國，
高度適合使用戰略級魔法的同盟國魔法師，也可能認證為戰略級魔法師。
在二〇九五年四月，各國認定適合使用戰略級魔法，並且對外公開身分的魔法師共十三名。
他們被稱為「十三使徒」，公認是世界軍事平衡的重要因素。
在二一〇〇年的時間點，各國公認的戰略級魔法師如下所述：

USNA

■安吉・希利鄔斯：「重金屬爆散」
■艾里歐特・米勒：「利維坦」
■羅蘭・巴特：「利維坦」
※其中只有安吉・希利鄔斯任職於STARS。
艾里歐特・米勒位於阿拉斯加基地，羅蘭・巴特位於國外的直布羅陀基地，
兩人基本上不會出動。

新蘇維埃聯邦

■伊果・安德烈維齊・貝佐布拉佐夫：「水霧炸彈」
※二〇九七年被推定已經死亡，但是新蘇聯否定這個猜測。
■列昂尼德・肯德拉切科：「大地紅軍」
※肯德拉切科年事已高，基本上不會離開黑海基地。

大亞細亞聯盟

■劉麗蕾：「霹靂塔」
※劉雲德已於二〇九五年十月三十一日的對日戰鬥中戰死。

印度、波斯聯邦

■巴拉特・錢德勒・坎恩：「神焰沉爆」

日本

■五輪 澪：「深淵」
■一条將輝：「海爆」
※二〇九七年由政府認定是戰略級魔法師。

巴西

■米吉爾・迪亞斯：「同步線性融合」
※魔法式為USNA提供。二〇九七年之後音訊全無，但是巴西否認這個說法。

英國

■威廉・馬克羅德：「臭氧循環」

德國

■卡拉・施米特：「臭氧循環」
※臭氧循環的原型，是分裂前的歐盟因應臭氧層破洞而共同研發的魔法，
後來由英國完成，依照協定向前歐盟各國公開魔法式。

土耳其

■阿里・夏亨：「巴哈姆特」
※魔法式為USNA與日本所共同開發完成，由日本主導提供。

泰國

■梭姆・查伊・班納克：「神焰沉爆」
※魔法式為印度、波斯聯邦提供。

STARS簡介

USNA軍統合參謀總部直屬魔法師部隊。共有十二部隊，
隊員依照星星的亮度分成不同階級。
部隊長各自獲頒一等星的稱號。

●STARS的組織體系

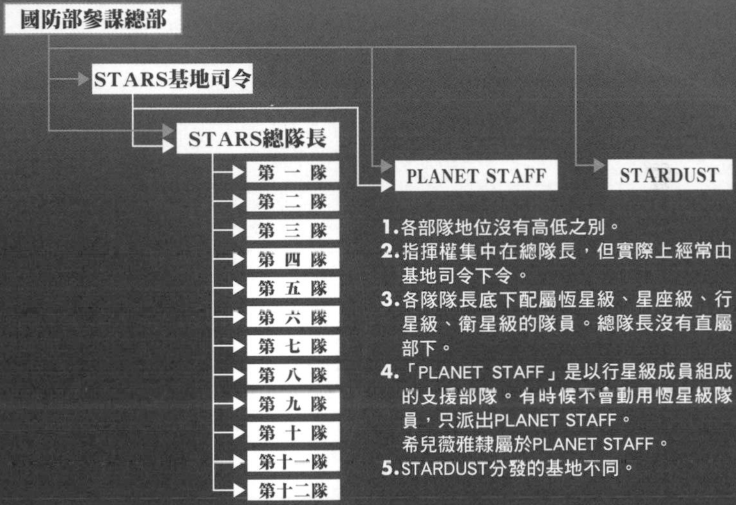

1. 各部隊地位沒有高低之別。
2. 指揮權集中在總隊長，但實際上經常由基地司令下令。
3. 各隊隊長底下配屬恆星級、星座級、行星級、衛星級的隊員。總隊長沒有直屬部下。
4. 「PLANET STAFF」是以行星級成員組成的支援部隊。有時候不會動用恆星級隊員，只派出PLANET STAFF。
   希兒薇雅隸屬於PLANET STAFF。
5. STARDUST分發的基地不同。

企圖暗殺總隊長安吉・希利鄔斯的隊員們

●亞歷山大・艾克圖魯斯
第三隊隊長。上尉。繼承相當純正的北美大陸原住民血統。
和雷谷魯斯並列為本次叛亂的主嫌。

●雅各・雷谷魯斯
第三隊一等星級隊員。中尉。擅長使用近似步槍的武裝演算裝置發射
高能量紅外線雷射彈「雷射狙擊」。

●夏綠蒂・貝格
第四隊隊長。上尉。比莉娜大十歲以上，卻因為階級不如莉娜而心懷不滿。
和莉娜相處得不太好。

●佐伊・斯琵卡
第四隊一等星級隊員。中尉。東洋血統的女性。使用的是投擲尖細力場的「分子切割投擲槍」，
堪稱「分子切割」的改編版。

●蕾拉・迪尼布
第四隊一等星級隊員。少尉。北歐血統的高䠷窈窕女性。
擅長短刀搭配手槍的複合攻擊。

魔法人聯社（Magian Company）

國際互助組織「魔法人協進會（Magian Society）」於二一〇〇年四月二十六日設立的一般社團法人，主要功能是以具體行動實現該協進會的目的——魔法資質擁有者的人權自衛。根據地設於日本的町田，由司波深雪擔任理事長，司波達也擔任常務理事。

成立已久的魔法協會也是類似的國際組織，不過魔法協會的主要目的是保護實用等級的魔法師，相對的，魔法人聯社是協助擁有魔法資質的人（無論在軍事上是否有用）開拓大顯身手的管道，屬於非營利法人。具體來說預定朝兩個方向拓展事業，分別是傳授魔法人實務知識的魔法師非軍事職業訓練事業，以及介紹工作使其一展長才的非軍事職業介紹事業。

FEHR

政治結社「Fighters for the Evolution of Human Race」（人類進化守護戰士）的簡稱。是在二〇九五年十二月為了對抗逐漸激進的「人類主義者」而設立。總部座落在溫哥華，代表人蕾娜·費爾別名「聖女」，擁有超凡的領袖氣質。和魔法人協進會一樣，該結社的目的是從反魔法主義的魔法師排斥運動保護魔法師的安全。

反應護甲

被前第十研驅逐的失數家系「十神」的魔法。是一種個體裝甲魔法，裝甲一受損就會重新建構，同時獲得「和受損原因相同種類的攻擊」的抵抗力。

The International Situation

二一〇〇年現在的世界情勢

以全球寒冷化為直接契機的第三次世界大戰——二十年世界連續戰爭大幅改寫了世界地圖。世界現狀如下所述：

USA合併了加拿大以及墨西哥到巴拿馬等各國，組成北美利堅大陸合眾國（USNA）。

俄羅斯再度吸收烏克蘭與白俄羅斯，組成新蘇維埃聯邦（新蘇聯）。

中國征服緬甸北部、越南北部、寮國北部以及朝鮮半島，組成大亞細亞聯盟（大亞聯盟）。

印度與伊朗併吞中亞各國（土庫曼、烏茲別克、塔吉克、阿富汗）以及南亞各國（巴基斯坦、尼泊爾、不丹、孟加拉、斯里蘭卡），組成印度、波斯聯邦。

司波達也成就了個人對抗國家的偉業。二一〇〇年，斯里蘭卡在IPU與英國的承認之下獨立，在獨立的同時，魔法師國際互助組織「魔法人協進會」在該國創設總部。

亞洲阿拉伯其餘國家，分區締結軍事同盟，對抗新蘇聯、大亞聯盟以及印度、波斯聯邦三大國。

澳洲選擇實質鎖國。

歐洲整合失敗，以德國與法國為界分裂為東西兩側。東歐與西歐也沒能各自整合為單一國家，團結力不如戰前。

非洲各國半數完全消滅，倖存的國家也只能勉強維持都市周邊的統治權。

南美除了巴西，都處於地方政府各自為政的小國分立狀態。

[1] 魔工院（1）

巳燒島恆星爐設施與町田FLT研究所的人造聖遺物竊盜未遂案件告一段落的五月中旬。魔法大學的學校餐廳，出現久違上學的達也身影。

在餐桌就位的他，身旁是深雪，深雪正對面是莉娜，至於達也正對面的座位，高中時代的朋友幹比古剛好在這時候就坐。

「達也，好一陣子沒見了。」

正如幹比古劈頭說的這句話，達也很久沒見到他了。具體來說大約兩個月。

「公司那邊穩定下來了嗎？」

幹比古說的「公司」是恆星創能，也是魔法人聯社。雖然魔法人協進會不是公司，但肯定也包括在內。

達也上個月連續參與設立三個團體。應該說他是核心人物。他在股份有限公司「恆星創能」擔任社長；在一般社團法人「魔法人聯社」是擁有代表權的常務理事；在國際NGO「魔法人協進會」擔任副代表。

「魔法人協進會」與「魔法人聯社」都在組織名稱使用了「魔法人」這個新名詞，加上達也兼任兩邊的幹部，所以這兩個組織很容易被誤以為是母子關係。不過兩者沒有主從關係，也沒有資金上的連結。始終只是擁有「爭取魔法資質擁有者的人權」這個共同目標。

世間普遍注目的是重力控制魔法式熱核融合反應爐「恆星爐」設施的經營公司恆星創能，然而不只是魔法資質擁有者，對於涉及魔法領域的所有人來說，魔法人聯社也是同樣不得不注目的對象。

「總之算是告一段落吧。」

「感覺還有很多事要做。」

「是啊。不限於公司，經營組織沒那麼簡單。」

達也輕輕聳肩回應幹比古這句話。

「確實沒錯。」

幹比古暗自微笑，因為身為吉田家次男的他也參與組織運作，因而對達也說的有所感觸吧。

「……話說達也。」

此時幹比古突然壓低聲音。

「什麼事？」

總覺得他別有用意，但達也語氣沒變。

「那個傳聞是真的嗎？」

幹比古就這麼壓低聲音詢問。

「傳聞？」

達也不是在裝傻，是猜不到他到底在說哪個傳聞。

「……聽說七草學姊在你那裡工作。」

「我確實接受七草學姊來到魔法人聯社工作……這件事傳開了？」

「七草家長女進入四葉家相關的法人就職，當然會議論紛紛喔。」

幹比古回答達也這句反問時的語氣，隱含「這是當然的吧」的傻眼心情。

「說得也是……」

在旁人眼中，這件事看起來確實匪夷所思吧。達也聽完幹比古的發言這麼想。

「像是四葉家與七草家終於攜手合作，或是七草家納入四葉家的旗下，各式各樣的臆測甚囂塵上……實際上是什麼情形？」

不負責任的風評在世間擴散，使得達也皺起眉頭。

「沒這種事實。我不知道七草學姊的真正用意，但我知道她很能幹，所以我們接受她加入擔任職員，如此而已。」

「哈哈……我想也是。四葉家與七草家組成同盟就算了，其中一邊加入另一邊的旗下是不可能的事。」

幹比古乾笑幾聲，達也默默點頭。

「吉田同學，你那邊怎麼樣？」

不知道是看話題告一段落，還是避免幹比古繼續追問，深雪在這時候向幹比古問了一個和剛才話題無關的問題。

「符咒數位化的研究還順利嗎？」

雖然比不上達也，不過幹比古的研究也是意義重大的技術，受到魔法學界的注目。魔法大學的學生對此感興趣並不突兀。

「託各位的福，正在逐步進行當中。而且柴田同學也有幫忙。」

「對了對了，這部分怎麼樣？」

莉娜露出壞心眼的笑容加入對話。

「咦？『這部分』是指……？」

「哎呀，裝傻嗎？就是美月啊。你們現在同房共枕了吧？」

「沒……沒有啦！」

終究沒有彈起來或是站起來，不過幹比古盡顯狼狽搖了搖頭。

「沒有同房共枕，只是一起住而已！」

「但你們住在同一個屋簷下吧？」

繼續發問的莉娜一臉正經，眼睛隱含的光芒卻像是將老鼠逼入絕境的貓。

「是啊，畢竟是一起住……不過房間確實是分開的。」

幹比古自己大概也知道是反效果，即使如此，他還是不得不避談。

「話是這麼說，不過浴室並沒有設計成個人專用吧？美月正在洗澡的時候不小心闖進去……應該也會發生這種事吧？」

莉娜維持正經表情，以平淡的語氣詢問。不過眼睛隱含的光芒依然背叛了她的正經表情。

「怎怎怎麼可能有這種事啊！」

幹比古滿臉通紅否定莉娜的臆測。

「那麼是反過來嗎？是美月主動出擊的模式？」

「我家的浴室男女不同間！」

「……是嗎？」

莉娜稍微歪過腦袋。她的話語與態度並不是明知故犯，是真的在發問。

「如果是幹比古家，這麼做也不奇怪。」

相對的，達也露出接受的表情點頭。

雖然常被誤解，不過幹比古家不是神社，是私下教導魔法的古式魔法道場。許多徒弟以集訓的形式住在那裡。這麼一來浴室應該很大，也會分成男用與女用吧——即使男女比例不均。

「莉娜，妳想像的那種意外，我覺得在現實生活不太會發生。」

「就是說啊！莉娜妳動畫看太多了。」

深雪勸誡不要把現實與虛構混為一談，幹比古像是正合我意般反擊莉娜。

「等一下，別說得這麼沒禮貌。我又不是只會看動畫，沒沉迷到看太多的程度喔。」

所以會看的時候還是會看啊……幹比古如此心想，卻沒說出口。

◇　◇　◇

七草真由美進入魔法人聯社就職，在大學外部也成為話題。

無論達也怎麼想，由四葉家下任當家深雪擔任理事長的魔法人聯社，依然被世間視為四葉家經營的社團。然而七草家的長女真由美卻進入這裡就職。

即使真由美不像深雪是下任當家，在七草家也沒肩負特別職責。以她的立場，即使進入和七草家無關的職場就職，也沒什麼好奇怪的。

不過，七草家現任當家親生女兒進入有競爭關係的四葉家旗下組織，這個事實終究不得不招致各種臆測。

不只是四葉與七草以外的十師族、師補十八家、含數家系百家、魔法協會等日本魔法界的成員，甚至是國防軍或警界當局、人類主義者或魔法至上主義激進派這種反社會勢力，也都更加關注魔法人聯社的動向。

◇　◇　◇

當事人真由美目前負責「魔工院」開校相關的行政工作。

魔法人聯社的設立目的是魔法資質擁有者的「人權自衛」。讓擁有魔法資質的人們開拓出能在社會活躍的道路。其中也包括以現今基準沒被認定達到實用等級的人們。

為此進行的具體事業內容是魔法人的「職業訓練」與「職業介紹」。不過這裡說的職業介紹並不是廣泛募集求職者的事業架構。現行規劃的形態是讓魔法資質擁有者在聯社接受職業訓練再牽線安排就業。換句話說得先從訓練開始。「魔法工業技術專門學院」——簡稱「魔工院」的設立就是這個計畫的第一步。

◇　◇　◇

西元二一〇〇年五月中旬某日。

巳燒島的恆星創能社長室裡，正在以桌面終端裝置檢視文件的達也，螢幕跳出一則附帶選項的訊息，他立刻點選「ＹＥＳ」回應。訊息來自真由美，她詢問現在是否方便打電話過來。

螢幕一角顯示視訊來電的圖示。

達也按下這個圖示，原本顯示估價單的畫面切換成視訊畫面。

『常務，抱歉在百忙之中打擾。』

真由美的恭敬語氣不是達也強迫的，是從她的常識反映出來的。

『關於魔工院的設立申請，我想請問一件事。』

「什麼事？」

達也簡短回應，催促真由美說下去。

『學院長由哪一位擔任？』

真由美回應他的催促，如此詢問。

魔工院是學校，但不是學校法人，所以向公所申請的時候不需要學院長的姓名。她這麼問大概是為了刊登在學校簡介或手冊等處吧。

達也沒苦惱要如何回答。

「還沒決定。」

他很乾脆地老實回答。

『……這樣啊。』

真由美的目光並不是在責備這個嚴重的延宕。她從畫面投過來的視線，是在懷疑達也這句話是不是真的。而且不是「半信半疑」，感覺「疑」的成分大得多。

這未必是臆測。雖然確實沒決定，不過達也內心已經決定第一人選。

「我想當個參考，七草小姐認為什麼樣的人比較好？」

達也沒說出真心話，反倒如此詢問。

『學院長嗎？』

達也點頭回應真由美的反問。

『這個嘛……在魔法界人脈夠廣的人果然比較好吧。因為應該會有很多人在各方面干涉。』

「例如擔任過魔法協會幹部的人？」

『不，我認為這個人和魔法協會保持距離比較好。』

達也點點頭。雖然不太明顯，但他露出滿意表情。

看到這張表情，真由美在電話另一頭感覺「看來他在考驗我」。

『然後，別把四葉家與七草家的相關人士列入人選比較好。我覺得邀請擔任學院長的對象，最好來自和這兩家保持同等距離的含數家系。』

或許因為這樣，所以真由美接下來這段話稍微加入力道。

「原來如此。」

看到達也點頭，真由美確信他內心對於學院長的人選早有腹案。

同時也心想「就算發問，他也不會回答吧」。

◇◇◇

「七草小姐。學院長那件事，常務怎麼說？」

真由美結束視訊通話，從通訊室回到事務室之後，和她一起進行魔工院開校準備的遠上遼介這麼問。

遼介上個月底剛從USNA前加拿大領地的溫哥華回來。他一回國就親自前往魔法人聯社的總公司，拚命自薦之後獲取職員地位，可說是「不請自來的職員」。他不惜這麼做也想進入魔法人聯社的原因，依照他本人的說法是對於「魔法資質擁有者的人權自衛」這個理念有所共鳴，但真相不是這樣。

他潛入魔法人聯社的原因，是受命要查出達也的目的。

命令他的是將總部設於溫哥華，以保護魔法師人權為目的的政治結社——「FEHR」的領袖蕾娜・費爾。遼介是FEHR的成員。

老實說，達也與深雪都知道這件事。遼介自以為隱瞞得很好，不過達也從一開始就懷疑他和FEHR的關係，在他就職的三天後查證屬實。之所以沒有說出來，是因為達也認為遼介有利用價值。

此外，真由美不知道遼介與FEHR的關係。

「好像還沒決定。」

達也應該暗自鎖定了幾名人選，不過真由美沒告訴遼介。因為既然達也沒明說，那麼這只是不確定的推測。

「這樣啊……那就只能暫時擱置了。」

魔工院預定九月開校。只剩下不到四個月。即使再怎麼引人注目，正常來看也差不多該招生了，否則無法成為像樣的學校。

或許按照計畫會以特別的方法招生，就算這樣，現在這個時期也至少該製作學校導覽了。遼介正在著手製作線上手冊。真由美詢問達也預定由誰擔任學院長就是這個原因。

此外，之所以不是由遼介直接問達也，是因為真由美和達也比較熟。絕對不是因為遼介下意識不習慣面對達也。至少遼介內心這麼認為。

「可是……除此之外，我應該要做什麼？」

真由美與遼介都沒有經營學校的相關知識。幸好（或許該說當然）魔工院的行政人員不是只有他們，從魔法人聯社設立之前就有專家進行開校的準備，兩人是按照專家的指示工作。

只不過，遼介在這裡暴露自己的行政能力有多差。或許他原本就是技術取向，還要考慮到他這四年住在ＵＳＮＡ前加拿大領地，幾乎沒有接觸日語。

但即使包括這些隱情，遼介能力不足也是毋庸置疑的事實。他在行政文書這方面早早就不被列為戰力，轉而負責製作學院的網站。

「我想想……要不要問問響子小姐？」

遼介請求指點迷津，真由美思考片刻之後這麼回答。

「藤林小姐嗎……」

魔法人聯社在上個月設立沒多久，藤林響子就被四葉家派到達也這裡。就某方面來說是聯社的第一名正式職員。

雖然沒有掛上社團經營相關的特別頭銜，實際上卻以輔佐達也的身分掌管魔法人聯社的行政層面。指示遼介架設網站的人也是藤林。

「我知道了。」

聽到真由美的建議，遼介稍微思考之後點點頭。

[2] 潛入USNA（1）

衛星軌道居住設施「高千穗」在高度約六千四百公里的衛星軌道上運行。這顆巨大人造衛星全長約一八〇公尺，最大寬度達到二十公尺左右，然而其既不是軍事用途也不是研究用途，是為了無法住在地球的一對男女準備的居所。

男性名為九島光宣。

女性名為櫻井水波。

為成為寄生物的兩人提供太空居所的人，名為司波達也。

達也將高千穗提供給光宣與水波，是為了消除他唯一心愛的女性——深雪的擔憂。然而動機也不是完全只來自情感。

達也對光宣的能力評價很高。這個評價在光宣拋棄人類身分成為寄生物之後也沒有改變。達也內心確實計畫將這個有能的祕密戰力收為己用。

光宣也明白這一點。而且他也不想放任自己飽食終日。

即使拋棄人類身分成為寄生物，也依然需要糧食、水與空氣。高千穗可以將水與空氣循環利用，但是糧食必須依賴地面補給。

何況衣服也是消耗品。光宣不在乎一直穿同樣的衣服，但是身為男人的面子不容許他讓水波這名年輕女性在這方面受到束縛。

光宣是自願拋棄人類身分成為寄生物，卻不想放任自己「寄生」在達也的錢包。對於光宣來說，被達也利用也正合己意。

光宣受達也委託，調查以ＵＳＮＡ舊金山為根據地的魔法至上主義激進派組織「ＦＡＩＲ」，他靜靜點燃鬥志進行潛入的準備。

五月十四日星期五。現在時間是晚上七點。

達也在巳燒島的研究室面向通訊機。

『——達也，這邊準備好了。』

光宣在收訊螢幕露臉。不是視訊電話，是紅外線雷射通訊。達也與光宣接下來要進行高千穗的移動實驗。

高千穗和飛行車一樣內建利用地球重力的移動系統。不過高千穗無法以這個系統自由在太空移動。以性能來說，只要是在衛星軌道範圍，肯定可以隨心所欲地停止、加速或轉向，但是實際上「衛星在沒有推力的狀況下，只要沒受到母星以外天體的重力作用，就只會在同一軌道運行」

這個情報的定義力太強，至今只能在被認定是誤差的範圍內變更軌道。

但在光宣短時間內集中進行各種嘗試的結果，浮現了在特定條件下可以自由飛行的可能性。只要不改變距地高度，並且在短時間內回到原來的軌道，依照計算結果可以朝著南北方向進行最大三十度的移動。

達也根據光宣的計算，大約兩週寫出滿足條件的啟動式，接下來正要進行這項實驗。

「高千穗的追蹤狀況良好。光宣，開始吧。」

『好的。』

光宣在畫面上半閉雙眼，臉上收起表情。他在拋棄人類身分成為寄生物之前就擁有脫俗的美貌，這張專心集中精神而毫無表情的臉孔，為他的容貌增添了一層神祕。

他開始集中精神沒多久，具體來說大約三秒後，畫面突然變黑。高千穗脫離雷射通訊範圍。雷射通訊的優點不只是傳輸資訊量大，也因為有效範圍很小，所以被竊聽的風險很低。相對的，缺點在於通訊對象要是高速移動，雷射就無法傳達。用來和高千穗通訊的紅外線雷射為了增加隱密性，聚焦度比一般的通訊用雷射更高。

四葉家巳燒島分部通訊設施樓頂的雷射收發器微微擺頭。達也說他正在追蹤高千穗的動作並非謊言。天線在通訊中斷一秒之後就捕捉到高千穗，通訊回復。

『達也，怎麼樣？』

「……觀測到高千穗每四十秒在天球上移動一度左右。估計二十分鐘可以移動三十度。不愧是光宣，很正確。符合啟動式的記述。」

『過獎了。』

啟動式是用來組裝魔法式的設計圖。在現代魔法，建構魔法式的程序，可說是將原始碼「啟動式」編譯成目的碼「魔法式」的程序。以電腦執行目的碼的程序，對應到現代魔法就是發動魔法的程序。

話說，即使執行相同的原始碼，效果也會因為硬體性能而出現差異。同樣的，即使執行相同的魔法式，魔法效果也會因為魔法師的實力而出現差異。魔法師要按照啟動式的記述發動魔法，必須具備高超的技能。

從這一點來看，全長一八〇公尺、最大寬度二十公尺的高千穗龐大機體，光宣按照啟動式所定義七．九公里的秒速精準操控。依照現代魔法的常識，達也的稱讚非常保守。

『軌道在二十分鐘後變更完畢，在變更後的軌道停留二十分鐘，回到原本軌道也要二十分鐘……得出結果是一小時後的事。』

光宣以鎮靜語氣重新確認實驗時程，卻難掩臉上的笑意。人類時代的他即使體弱多病，所有人也都認同他的天分，所以他肯定早就習慣被稱讚，不過對方是達也的話就另當別論吧。達也是光宣自認不如的極少數魔法師之一。

「這邊會繼續細心觀測，光宣你也注意一下內部吧。」

達也沒提及光宣遮掩害羞心情的行為。

『知道了。』

大概是察覺達也的貼心，光宣也沒提這件事。

達也朝著畫面點頭，暫時切斷通訊。

三十分鐘後，達也再度和高天穗通訊。這是預定的步驟。巳燒島可以和高天穗通訊的時間是每天五次，每次兩小時。這個設定來自高千穗的軌道以及為了保密所需的通訊用雷射聚焦度。

「光宣，你那邊沒有異狀嗎？」

『目前很順利。』

「這邊的觀測也沒發現問題點。」

『那就好……話說達也，方便說一些無關的事情嗎？』

「無關的事情？」

聽到光宣突然這麼要求，達也露出疑惑表情。

『啊，不對，只是和這場實驗沒有直接關係，並不是毫無關係。』

鏡頭傳來的達也表情，使得光宣連忙如此解釋。

「我不在意。」

達也露出疑惑表情的時間很短。他回復為平靜表情微微點頭。

『謝謝。是關於你先前委託的ＦＡＩＲ調查工作。』

「是這件事啊。」

達也輕聲附和，以視線催促光宣繼續說。

『這場實驗結束之後，我要降落在美國。』

「除非實驗就這麼沒發生任何問題。」

光宣不禁露出「這個人在說什麼？」的表情。這個反應出自「你製作的東西不可能失敗吧」的信賴。

『……我先以實驗成功為前提說下去。』

光宣立刻回復為嚴肅表情。

「繼續說吧。」

達也和一開始的時候一樣，以毫無情緒的面容回應。

『我降落到地面的時候，水波小姐不就會孤單一人嗎？』

「說得也是……你覺得這樣很可憐，所以也想讓水波降落到地面？」

『……一點都沒錯。沒想到你居然知道。』

光宣難掩意外感。他也知道達也並不是完全無情的人，卻沒想到達也在他開口之前就理解這種情感。

「我也沒考慮到水波會孤單一人。不過以你的個性，也不打算離開高千穗太久吧？」

『當然，我預定每天都會回去。不過只有我自己降落到地面……』

對於達也的詢問，光宣沒將自己的答覆說完。

「你會內疚？」

『……是的。』

光宣略顯猶豫點了點頭。光宣明白人們對他們寄生物敬而遠之，也知道將水波改造為寄生物的自己沒資格說這種事。

「……我可以理解這種心情。所以光宣，你要我做什麼？在你潛入USNA的這段期間，由這邊收容水波就好嗎？」

『可以這麼做嗎？』

光宣露出驚愕反應。考慮到他們不得不住在高千穗的原委，他會吃驚也是當然的。

「短期的話可以藏匿。不過終究不可能離開這座島。」

巳燒島是一種治外法權區域。日本有一個幕後的權力機構不容許妖魔存在，不過唯獨在這座島嶼，如果是短期就可以拒絕外力介入。以達也現在的能耐，讓水波在島上待兩三天不是難事。

『如果你這麼做，水波小姐也會很高興吧……但我想拜託你的事情不太一樣。』

「做不到的話我會說做不到，所以你不必多慮沒關係的。」

達也這段話聽起來甚至感覺冷漠，光宣不禁差點附和「說得也是」。

『謝謝。』

不過實際上，他只正常這麼回應。

『我想讓水波小姐也踏上美國的土地。』

「這不是很好嗎？以你們的本事，應該不會遭遇危險吧。」

達也二話不說就答應。

光宣已經不再吃驚。

『不過在這種狀況，高千穗就沒人看管了。』

「你是在擔心這個？不過受到攻擊的風險確實不是零。」

在各國眼中，高千穗是真相不明的巨大人造天體，而且原本是飛彈潛艦。雖然隱形功能應該萬無一失，但是如果被發現，被誤認是軍事衛星而遭受攻擊的可能性不低。

『這也是原因之一，不過如果我們兩人都降落到地面，萬一高千穗發生異常將無法處理。』

「原來如此，確實應該考慮這個風險。」

高千穗是達也帶頭將新蘇聯的潛艦改造而成，但他沒有「我製作的東西不會故障」這種自以為是的想法。

『所以，在我們兩人降落地面的這段期間，可以請你準備人手駐留在高千穗嗎？』

「負責看家是吧？」

『啊，不……簡單來說，是這樣沒錯。』

光宣尷尬地支支吾吾，然後承認達也的說法。

「我知道了。你說的沒錯，應該在高千穗放個『東西』負責看家。」

『麻煩你了。』

光宣認為這件事就此解決，露出放心的表情微微低頭。

但是他現在安心還有點早。

「用為寄生人偶軀殼的最新電池式女機人，以及三年前封印寄生物的人偶，我會一起送去你那裡。」

『咦……？』

出乎意料的回答，使得光宣沒能立刻理解箇中意義。

『要我製作寄生人偶？』

「從你的目的來看，我覺得這是最佳解。」

『……哎，確實沒錯。』

用為軀殼的寄生人偶既然是電池式，就不會消耗有限的氧氣與水，可以隨時從船內的恆星爐或船外鋪設的太陽能板取得能源。此外也不需要睡眠、休息或進食。

而且光宣並不是第一次製作、使喚寄生人偶。他在三年前同時操縱過數具。他無法控制寄生人偶的可能性等於零。

可以不眠不休使喚，不必擔心被背叛的僕從。

確實是最適合光宣需求的方案。

『……難道說，你早就預測我的要求了？』

但是光宣難免覺得事情進展太快，忍不住這麼問。

「沒這回事，不過……」

達也露出苦笑。

「只要用法正確，寄生人偶就是有益的工具。我本來就打算將來請你進行各種測試，所以這樣剛好。」

光宣感覺有點納悶，同時再說一次「謝謝」低頭致意。

[3] 魔工院（2）

五月十六日，星期日。達也成為開往福岡的磁浮新幹線乘客。旁邊座位是深雪，正對面座位是莉娜。目的地是終點站博多。途中只停靠新大阪，總共需要兩小時的一場旅程。

「這麼一來，即使不是搭飛機也沒關係了。」

列車從關東州駛進中部州的時候，莉娜看著窗外低語。音量以自言自語來說大了些。

「搭飛機會比較早到，不過沒差太久，還要花時間辦手續。」

深雪回應莉娜這句話。看來她判斷這不是自言自語。

「啊～～那個很麻煩。魔法師必須另外多花時間，這一點令我火大。」

看到莉娜氣沖沖的樣子，深雪大幅點頭，達也露出苦笑。

「曾經也有過禁止魔法人搭乘民航客機的時代。想到這裡就覺得待遇有在改善。」

「話是這麼說啦……」

達也的論點使得莉娜怒火漸消。從她再度來到日本算起的三年前，USNA某些州依然實質禁止魔法師甚至是魔法資質擁有者利用民航客機。想到這裡就不得不說，只是增加搭機手續的話還算好的。

「莉娜，既然沒什麼機會搭乘磁浮新幹線，與其思考不開心的事，不如好好享受吧。」

「……說得也是。」

在深雪安撫之下，莉娜再度看向景色高速流動的窗外。

◇　◇　◇

三人在終點站博多下車，在有點高級的餐廳吃午餐。和深雪與莉娜在一起的時候，必須挑選有包廂，至少必須有半開放包廂的店才能安心用餐。

用完餐之後他們不是搭乘小型電車，而是無人計程車前往福岡市郊外。抵達目的地的時間是下午兩點五分，比約定的時間晚了一點點。

「該怎麼說……很普通。」

從計程車下車的莉娜隔著大門看向內部，像是感到意外般說出感想。達也與深雪也沒否定。初次造訪的十師族八代家當家住處，看起來是極為平凡的木造二層樓民宅。

達也按下對講機。

立刻有人應答。對方以有點結巴的語氣說「我們有收到通知，請入內稍待片刻」，三人進入前院站在玄關門前。

沒有等待太久。

「各位久等了。」

隨著偏高聲音現身的，是一名小學生年紀的男生。

「請……請進。家父在等候各位。」

既然用到「家父」這個稱呼，那麼這名少年應該是八代家當家八代雷藏的兒子。八代雷藏現年三十四歲，有一個這麼大的孩子也不奇怪。

少年之所以臉紅，大概是面對深雪與莉娜而緊張吧。這是在所難免。兩人是形容為「絕世」也絕不誇張的美女。少年除了有點結巴之外還能正常說話，反倒可以說他膽識過人。

三人在少年帶領之下前往會客室。八代雷藏與弟弟隆雷在室內等候。

雷藏與隆雷站起來迎接達也他們三人。

雙方逐一問候彼此。八代兄弟和初次見面的莉娜問候時加上自我介紹。問候結束時端茶過來的雷藏妻子彩織也和達也等人打招呼，接著五人進入正題。

達也的來意是「請隆雷接下魔工院學院長一職」。

「……換句話說，四葉家想將我弟收為部下？」

「形式上是我與深雪的部下，但我想以合作夥伴的身分聘請。」

對於雷藏帶刺的話語，達也心平氣和反駁。

「為了避免混淆，容我在這裡稱呼您『隆雷先生』。」

達也看向隆雷。

隆雷微微點頭表示明白。

「對於隆雷先生來說，您比起魔法師更想成為研究者，我想我們這裡的職場可以滿足您的期望。」

八代雷藏擁有符合十師族當家地位的魔法力。但是除此之外，他在物理學領域也被認定是重力理論的才俊，甚至被福岡市內的大學聘任為講師——那裡和魔法大學不同，是和魔法學無緣的大學。

現在仍然運作中的魔法技能開發第八研究所，也是由他兼任實質管理者，但是這個立場並非以魔法師的實力來維持。研究所員是從雷藏對於魔法理論的深入見解看出他有資格領導研究所。

就像這樣，雷藏身為八代家當家的同時，其學者身分比魔法師身分顯眼，不過弟弟隆雷的這個傾向更加強烈。在國際社會上，八代隆雷這個名字不只是魔法師，更是知名的電波工學專家。雖然現年才三十歲，但如果隆雷沒有魔法資質，肯定是在全世界大顯身手的電波工學家——只是他在鑽研電波工學的時候，也因為擅長釋放系魔法所以更能敏銳感應電磁波，這一點不容忽視。

「預定在九月開校的魔法工業技術專門學院，傳授的是將魔法應用在製作領域或是基礎建設保修管理領域的技術。即使是難以從魔法起家的魔法資質擁有者，也可以藉由這種技術輔助他們以微弱的魔法力維持生計。這個教育訓練機構是為此而設立的。」

「您是用這種方式確保職員來源，做為貴公司的戰力嗎？」

隆雷詢問達也。和內容相反，從他的語氣感覺不到挖苦。

「我不打算束縛畢業生。對於畢業生來說，恆星創能是眾多求職目標之一。」

達也連一瞬間都沒有結巴，流利否定隆雷的疑問。

「司波先生。您說過您的目的是『魔法師的人權自衛』。我是這麼聽說的。但您首先著手的不是大聲疾呼人權侵害，而是以魔法師失格者為對象的職業開發事業。您的真正用意是什麼？」

隆雷注視達也的眼睛。

達也正面承受這道視線。

「我希望回復人權的對象不只是魔法師，而是如隆雷先生所說，包括魔法師失格者的魔法資質擁有者，也就是所有的『魔法人』。」

「原來『魔法人』是這個意思啊。」

隆雷也從新聞得知魔法人協進會的成立與魔法人聯社的設立。不過老實說，他幾乎不關心這件事，也沒有為了今天的面談而預習細節。並不是對達也說的事情沒興趣，單純是認為不懂的事情當場問就好。

「古代的猶太預言家說過『人活著不是單靠食物』，同時人類也必須要有食物才能活下去。信念與理想是必需的，但光是這樣還不夠。俗話說『衣食足而知禮節』，不過人類在窮苦的時候不只會拋棄禮節，甚至會拋棄身為人類的權利。可以自食其力的經濟能力是大前提。」

達也說的這些內容，就某方面來說是理所當然。

「說得也是。」

隆雷看起來沒有大受感動，而是隨口附和。

「自己要怎麼活下去？要從事什麼工作活下去？選擇職業的自由，要有各種能夠維持生計的就業場所才能成立。我認為不只要有各種不同的職場，還要有機會學習心目中理想工作所需的技能，人們才首度得以選擇自己想要的生活方式活下去。這個道理也不只適用於魔法人。」

「司波先生您自己呢？您擁有技能，也有大顯身手的場所。所以您自由了嗎？您現在身為軍事遏阻力的立場，真的是您所期望的嗎？」

「這是我自己的選擇。」

即使被隆雷指出矛盾之處，達也也沒畏縮。

「我承認實際上只有這個選擇。不過現在的我並非只是身為遏阻力而存在，還擁有『用為戰略級兵器的魔法師』以外的立場，我自負這是我自己親手打造的。」

「也就是恆星爐設施……『恆星創能』嗎？」

「嗯，是的。這是為了魔法人而打造的，兵器以外的選項。」

達也這段話不是謊言。只不過，也不是一切的真相。

恆星爐設施是為了破壞「魔法師被當成兵器是理所當然」這種社會風潮而製造的。基於這層意義，這是為了所有魔法師，所有魔法人而製造的設施。

不過隱藏在深處的真正動機，是達也不希望深雪像他那樣成為破壞與殺戮的工具。消除深雪被迫以兵器身分活下去的未來。這正是達也的真正目的。

「不過如我剛才所說，選項不是只有恆星創能。」

說完這句話，達也又說「不對……」搖了搖頭。

「應該說，選項不能只有恆星創能。」

「您始終認為增加選項也很重要吧？」

對於隆雷的詢問，達也毫不猶豫點頭回應「是的」。無論是隆雷還是雷藏，都完全無法從達也的態度與語氣找到虛偽或隱瞞介入的餘地。

「我知道沒有任何人擁有無限的選項，不過魔法人被賦予的選項遠遠少於其他的多數派，我認為這樣的現狀果然是錯的。」

「包括魔法師以及司波先生說的魔法人，並沒有被禁止從事和魔法無關的職業吧？只要和多數派一樣學習，就一樣可以找到普通的工作。」

但是隆雷還沒完全接受。正因為他認真將達也的話語聽進去，所以才繼續反駁與議論。

「真的是這樣嗎？」

達也這邊也不想讓這場議論不了了之。

「意思是受到實質的就業限制嗎？」

「非公開的限制在這裡暫且不提。」

大概是為了稍做停頓，達也喝了一口至今沒動過的茶。

「到國中時代就放棄自身魔法天分的人，要轉換志願應該不難吧。不過對於升學就讀魔法科高中，習得一定水準以上魔法技能的人來說，如果只有成為軍人或警察才能活用自己擁有的天分與技能，這個人真的會選擇別的道路嗎？」

「在這種狀況，放棄也是在所難免吧？無法獲得能夠活用自身天分的職業，並不是只限於魔法師會這樣。」

「如果沒有職業能選，或是沒有方法能將自身天分符合自身的期望，那就只能放棄吧。」

「總歸來說，司波先生的目的始終是增加選項，為此想請我弟提供助力吧？」

雷藏在此時插嘴。

聲音並不犀利，語氣也不是在質詢達也。

「隆雷，司波先生的回答始終如一。看來不是為了四葉家的利益。」

「說得也是。司波先生，剛才一直說得像在挑您語病，恕我失禮。」

隆雷向雷藏微微點頭，朝達也低下頭。

「千萬別說這是挑語病。您的指摘都非常中肯。」

達也也向隆雷回禮。他不是在說客套話，是真的這麼認為。

魔法人的職業選擇權，是不方便說出口的敏感問題。大概因為這樣，所以能和達也進行這種議論的對象很難找。

「我們兄弟倆，從小就想要做自己喜歡的研究過生活。」

聽到雷藏這段話，達也沒吃驚。只說句「這樣啊」附和。

「幸好第八研有著強烈的學術傾向，比較容易兼顧十師族魔法師與研究者的立場。」

隆雷點頭回應雷藏的話語。

「但是不能無視於十師族的職責，所以無法只靠研究過生活就是了。」

「這個嘛，我想也是。」

達也的附和隱含真實感。他身上的枷鎖不是十師族的職責，而是自己所擁有「可以毀滅世界的魔法」，但是本質上同樣擁有無法自由過生活的問題。

「所以我與弟弟自認可以理解這種無法隨心所欲過生活的窒息感。我已經理解您並非別有居心，不是以四葉家的私利私慾為優先，所以不介意將弟弟借給你。隆雷，你自己想怎麼做？」

「我想接受司波先生的邀請。」

「司波先生，如您所聽到的。不過我有兩個條件。」

「是什麼條件呢？請儘管告訴我。」

達也沒露出困惑表情，催促雷藏說下去。

「第一個條件，魔法工業技術專門學院的經營步上軌道之後，請將學院獨立成為學校法人，讓八代家參與經營。」

「知道了。」

聽到達也立刻允諾，八代兄弟不禁一臉意外。

但他們立刻收起表情。兩人理解到達也早就猜到參與經營的這個條件。

「另一個條件是司波先生您個人的協助。我們的研究想請天才魔工師『托拉斯・西爾弗』提供助力。」

「……方便詢問研究內容嗎？」

不過這次他不能立刻允諾。

「對於恆星創能的事業來說，短期來看算是在培育競爭對手，但我認為到最後可以擴充市場帶來利益。」

「既然是競爭對手，那就是能源相關的研究……難道是縮退爐？」

達也睜大雙眼反問。

簡單來說，縮退爐是從微型黑洞取出能量的系統。理論上黑洞會在釋放熱量的同時逐漸失去質量，換言之就是蒸散。這是命名為「霍金輻射」的現象。

依照霍金輻射的預測，黑洞質量愈小，溫度就愈高，同時也會在短時間內蒸散消滅。

生成微型黑洞，將蒸散伴隨的熱輻射當成能源利用。要是回收的熱能充分大於微型黑洞生成所需的能量，就可以成為實用化的發電系統。

微型黑洞會在極短時間消滅，所以失控的風險也小。黑洞的質量就這麼轉換為熱能，所以不會產生放射性廢棄物。

高功率、無公害的發電系統。這就是縮退爐。考慮到八代家兄弟的專長是重力與電磁力，就可以理解兩人為何致力於實現這個主題。

雷藏對於達也的問題露出苦笑。

「真是的，這麼一來含糊其詞也沒意義了。你說的沒錯，我們從以前就不斷研究，是否能以重力控制魔法讓縮退爐成真。」

「…………」

「……達也大人。」

「……達也。」

達也一時語塞，至今沉默不語的深雪與莉娜以嚴肅的聲音叫他。

這次輪到八代兄弟不知發生什麼事而睜大雙眼。

「……八代先生。」

在深雪與莉娜的注視之下，達也沉重開口。

「您忘了嗎？生成微型黑洞，恐怕會將寄生物招來這個世界。」

二〇九六年二月上旬，來自ＵＳＮＡ的新聞報導指出，寄生物出現的原因是微型黑洞實驗。這是事實，十師族之間肯定已經共享這個情報。

「我知道生成微型黑洞的時候有著寄生物入侵的風險。包含這方面的對策，我想請司波先生提供助力。」

「…………知道了，我會協助。」

經過一段不算短的考慮之後，達也同意這個條件。

深雪與莉娜從兩側輕拉達也衣袖。兩人肯定都想問「協助可能會招致寄生物出現的研究計畫沒問題嗎？」這個問題。

達也個人也沒什麼意願。不過就算自己不協助，八代家肯定也不會停止開發縮退爐。這兩人明顯是學者作風，感覺不惜背負些許風險也要優先滿足自己的求知慾。既然這樣，達也認為自己應該參加計畫以便監視。

「您答應了嗎？請多指教！」

達也的回答令雷藏喜形於色。

「司波先生，請多指教。我什麼時候方便過去魔工院？」

隆雷端正姿勢行禮致意。

「在八代先生你們方便的時間過來就好。」

其實愈快愈好，但是催促並非上策。即使不是達也也明白這個道理。

「那麼這週六如何？」

「您可以這麼快就過來嗎？」

達也刻意沒藏起驚訝心情反問。

「可以。因為我和哥哥不一樣，現在沒有擔任教職。」

隆雷的回答很乾脆。達也也知道他在去年十月從市內大學辭職，不然就不會邀請他執掌魔工院了，不過隆雷看來比達也想像的更不眷戀大學教職。

「那麼，我等候您在星期六大駕光臨。」

就這樣，達也以寄生物再度來襲的莫大不安為代價，成功招聘八代隆雷擔任魔工院學院長。

[4] 聖遺物爭奪戰(1)

大本營設置在USNA舊金山郊外,名為「FAIR」的這個團體,表面上是人類主義者——斷定魔法對於人類來說是不自然的力量,認為人類應該只以上天(或是神)賦予的自然力量活下去,抱持這種宗教側面的魔法師排斥活動家——為首的反魔法主義者,標榜要保護同胞不受魔法師迫害而成立的團體。

不過從「Fighters Against Inferior Race——對抗劣等種(之迫害)的戰士」這個不為人知的正式名稱就知道,FAIR是自私又好戰的團體。雖然還沒被司法當局舉發,不過他們將無法使用魔法的「多數派」鄙視為低等人種,為了維護自身權利甚至肯定暴力手段。

這一點是FAIR和FEHR的最大差異。FEHR目前堅持進行合法鬥爭,FAIR不惜使用非法手段。這也是兩個組織的代表人蕾娜・費爾以及洛基・狄恩的立場差異。形容FAIR是魔法至上主義激進派的集團也不為過。

USNA的五月十一日。年約三十的妖豔美女進入FAIR領袖洛基・狄恩的房間。狄恩坐在重視實用性,換言之就是意外簡樸的椅子。隔著辦公桌站在他面前的美女叫做蘿拉・西蒙,是他的親信也是情人。

「閣下，關於原始聖遺物出土場所的調查結果整理好了。」

「告訴我吧。」

狄恩將雙手離開桌面放下，以深感興趣的表情看向蘿拉。蘿拉拿來的報告是狄恩目前視為第一優先的情報。

「原始聖遺物的挖掘場所是位於日本中部標高三千公尺的山——乘鞍岳的山麓。請看這張地圖。」

蘿拉說完遞出電子紙。

狄恩將紙上顯示的地圖反覆放大縮小，然後將裝置放在桌上，視線移回蘿拉。

「距離海岸線或機場都有一段距離……看來要派手下過去不太容易。」

「不只是地理條件，更大的問題是日軍好像在挖掘現場嚴加戒備。」

「很難偷挖嗎？」

「應該也難以竊取。」

蘿拉回答的語氣比較保守，卻是毫不多想立刻回答。

「嗯……關於聖遺物的原料有查到什麼嗎？」

狄恩嘆口氣改變話題。

「聖遺物因為使用的原料不同而有複數種類。目前查明的原料是翡翠。產地在日本海沿岸的糸魚川。」

「翡翠?」

蘿拉的回答使得狄恩納悶。

「從人造聖遺物的顏色來看,我還以為是紅瑪瑙。」

人造聖遺物的外觀是透明帶點紅色又有光澤的玉。色調明顯和翡翠不同。

「您或許不知道,純翡翠是無色的。據說聖遺物是對綠翡翠進行魔法加工,抽出組成色素的化合物,改為使用硫化汞滲入內部形成魔法回路。」

但是聽過蘿拉的說明,狄恩感覺可以接受。

「硫化汞?記得是和賢者之石劃上等號的魔法素材吧?」

同時也對這個素材深感好奇。

「是的。在遠東稱為辰砂或是丹,以魔法素材來說,重視程度更勝於歐洲。」

「原來如此。在古代遠東被視為比黃金還要貴重的翡翠,搭配以魔法素材來說備受重視的硫化汞嗎……」

狄恩陷入自己的思緒。

蘿拉默默耐心等待首領再度開口。

「……記得妳說產地在糸魚川？打開地圖給我看。」

蘿拉拿起桌上的電子紙操作。

「比剛才的乘鞍岳山麓好一點，不過……」

狄恩看著她再度遞過來的地圖板起臉。

「閣下。如果要嘗試重現聖遺物，我認為不應該採掘原石，而是把出土的古代遺物搶過來當成材料。」

「……這樣啊。」

狄恩沒問「為什麼」。

蘿拉．西蒙是「魔女」。擁有和現代魔法師截然不同，無法以魔法學合理說明的數種能力。直覺的洞察力——靈感也是其中一種能力。狄恩很清楚這一點。

「幸好兩年前有加工半成品的聖遺物出土，放在當地的博物館展示。」

「加工的半成品沒有魔法效果，所以單純當成考古學資料展示是吧？」

狄恩之前看的報告也寫到蘿拉說的內容，他記得這件事。

「如您所說。」

「戒備程度也比聖遺物薄弱得多？」

「正是。」

看著恭敬行禮的蘿拉，狄恩短時間內整理好思緒。

「——那麼朝這個方向進行，委託日本的朋友們工作吧。」

「我也認為這是好方法。」

蘿拉再度恭敬低頭，同意狄恩的決定。

◇　◇　◇

中部州前新潟縣糸魚川是世界最古老的翡翠原石產地，也以全世界最古老的翡翠加工品出土場所而聞名。

二十世紀後半在這裡挖掘出翡翠製作的勾玉與製作工房，後來從世界大戰時期的前後一直調查到現在。兩年前也挖掘出新的加工半成品勾玉，推測是古墳時代的物品。

不過，這不是第一個古墳時代的遺物，之前也挖掘出數個類似的物品，雖然以考古學來說是貴重的遺物，卻沒被特別重視，就這麼捐贈給當地的博物館。

從這段原委就知道，博物館展示的勾玉半成品沒什麼金錢價值。沉迷古代史的收藏家或許會出個不錯的價錢，但也僅止於不錯的程度。博物館方也沒安排特別的保全體制。

應該不能批判館方掉以輕心吧。因為他們只是沒採取特別措施，並不是毫無防備。

不過以結果來說，博物館的保全負責人必須負起責任辭職。

五月十七日夜晚，入侵該博物館的歹徒無視於辦公室的錢財，竊取以半加工狀態出土的翡翠勾玉。

五月十九日星期三，就讀東京魔法大學的一条將輝被他的父親，也就是十師族一条家的當家一条剛毅叫回金澤。毫無徵兆就突然聯絡，而且是趁著魔法大學第一節與第二節課堂之間的時間打電話召回，將輝即使感到納悶，依然連午餐都不吃就搭電車回到金澤老家。

將輝突然回來，母親美登里驚訝迎接。看來她沒聽說丈夫叫兒子回來的事。

對於母親的這種反應，將輝沒抱頭苦惱，只覺得「又是這樣」。剛毅行事草率並不是今天才開始的事。

「……媽，老爸呢？」

「在書房。」

「我知道了。」

他將隨身物品放在高中時代保留至今的自己房間，就這麼去找父親。

「老爸，我進去了。」

「將輝，你終於回來了嗎？」

將輝造訪書房時，剛毅以「等待已久」的表情迎接。

「我可是從大學直接趕回來的……」

「唔，這樣啊？那你也還沒吃午飯嗎？」

「不，我在子母電車上吃過了。」

小型電車基本上是短程交通工具。相對的，子母電車是為了在長程移動時省去轉搭的工夫，連同小型電車一起收納乘客，提供寬敞舒適空間的大型列車。子母電車的車廂是雙層構造，下層是小型電車的停放空間，上層是可以讓乘客舒展身心的自由空間。

上層車廂也具備簡單的餐廳、咖啡廳與商店。沒在大學吃午餐的將輝，在子母電車的餐廳簡單解決了用餐需求（不過只是速食）。

「所以您特地叫我回來的原因是什麼？是不方便用電話或郵件告知的機密事項嗎？」

「現階段無法判斷重要程度。」

「換句話說，一個不小心也可能是最高機密案件？」

「就是這麼回事。」

「請告訴我吧。」

剛毅「嗯」的一聲，點頭回應將輝的要求。

不過美登里在這時候端茶過來，所以對話暫時中斷。

「媽，您說一聲我就會自己去端了。」

「沒關係。畢竟你大老遠回來不久。不過想喝涼的就自己來拿喔。」

美登里說完離開書房。

「前天夜晚……」

剛毅沒有刻意清喉嚨重新來過，立刻繼續說明。

「糸魚川的博物館有古墳時代的遺物失竊。」

「遺物？具體來說是什麼東西被偷？」

「翡翠製的勾玉。正確來說是半成品。」

聽到剛毅的回答，將輝疑惑蹙眉。

「勾玉……是價值這麼高的東西嗎？」

「在考古學是貴重的遺物，不過一般認為沒有更高的價值。」

將輝懷抱的疑問沒失準。剛毅耐人尋味的回答暗示這一點。

「一般認為？」

「檢驗現場的結果，得知竊盜時使用了魔法。」

「竊賊是魔法師嗎？」

「昨天我也派家裡的人調查了。確認無誤。」

「這樣啊……」

將輝的聲音帶點失望。魔法師也不盡是善良的人。不過少數的罪犯害得魔法師全體再度暴露在偏見之下，他內心不是滋味。

「但是問題不在這裡。可惜魔法師犯罪沒那麼稀奇。我不會動不動就因為這種程度的事情叫你回來。」

說來可悲，剛毅說的「沒那麼稀奇」是事實。

「那麼問題是什麼？」

將輝切換心情。

確認這一點之後，剛毅也回到正題。

「得知是魔法師涉案之後，我重新調查失竊勾玉的相關情報。因為如果只有考古學遺物的價值應該很難變賣換現。」

「確實……」

「結果我查出那個勾玉，是原本要加工為聖遺物的半成品。」

「聖遺物？難道是儲存魔法式的聖遺物？」

將輝發出驚愕的聲音。

不過他有點太早下定論。

「我沒查得那麼細，不知道原本預定要加工到擁有何種效果。」

只不過在魔法界，因為恆星爐使用的人造聖遺物造成太強烈的印象，導致內心早早認定聖遺物＝魔法式儲存道具的人，應該不是只有將輝而已。

「……不過是擁有某種魔法效果的聖遺物吧？」

「這部分沒錯。」

將輝重新振作之後發問，剛毅立刻點頭。

將輝暫時陷入沉默。看來剛毅提供給他的情報需要花一些時間消化。

糸魚川——北陸是一条負責監視的區域。魔法師在該地區的公共設施偷走擁有魔法價值的物品。以十師族一条家的立場，這肯定是不能置之不理的事件。

此外，既然和聖遺物有關，可以說一定要花費心思管理情報。這麼一來老爸突然叫我回來也是理所當然。將輝這麼心想。

「……所以我該怎麼做？」

「失竊的勾玉雖然有魔法方面的價值，但勾玉本身沒有隱藏魔法方面的效果。我不認為犯人光是這樣就會滿足。」

剛毅這段話不是直接回答，不過對於將輝來說回答得很充分。

「所以會鎖定別的聖遺物？我的職責是阻止犯人？」

「不一定是聖遺物。或許和這次一樣是加工為聖遺物半成品的遺物。我正在派人調查犯人可能下手的目標。」

剛毅沒肯定將輝的推測，卻也沒否定。

「等到調查完畢才輪到我出動嗎……」

「就是這麼回事。你暫時回到東京，做好出動的準備吧。」

將輝將剛毅的指示牢記在心。

「……話說回來，即使是機密等級可能提升的案件，既然我可以先回東京，您使用魔法協會裡的十師族專用編碼線路通知我就好吧？」

聽到將輝不經意這麼問，剛毅只發出「唔……」的聲音沒能回答。

◇ ◇ ◇

第二天，十師族緊急召開線上會議。

『——那麼一条閣下，請說正題。』

這場會議是因應一条剛毅「想要共享情報」的申請而召開的。進行簡單的問候之後，最年長的二木舞衣催促剛毅報告。

「事不宜遲向各位報告。」

剛毅在催促之下，只說這句開場白就進入正題。

「十七日夜晚，前新潟縣糸魚川的博物館有魔法師集體入侵拿走展示品。失竊的是古墳時代出土的物品，加工半成品的翡翠製勾玉。」

『古墳時代的勾玉嗎？』

首先反應的是五輪家當家——五輪勇海。

『那個勾玉對我們來說有價值嗎？』

七草家當家——七草弘一接話這麼問。

「原本以為沒有，所以才放在普通的博物館展示。」

『不過這個判斷是錯的？』

此時八代雷藏加入對話。

「我一得知竊案是魔法師的犯行就派人重新調查，失竊的勾玉是原本要加工為聖遺物的半成品。」

『你說聖遺物？這種東西為什麼放在一般的博物館展示？』

剛毅的回答使得三矢家當家——三矢元語帶怒氣。

「收藏在博物館的勾玉完全沒蘊含魔法之力。」

在平常的會議上，像這樣大聲發問是剛毅的工作。但他今天處於接受詢問的立場。他以格外冷靜的語氣回答三矢元的疑問。

『所以還在賦予魔法之前的階段吧。』

「應該是這麼回事。」

七寶家當家——七寶拓巳這句話，使得剛毅以有點誇張的程度大幅點頭。

『一条閣下預測歹徒會再度犯案嗎？』

這麼問的是六塚家當家——六塚溫子。

「我這麼認為。」

剛毅也點頭回應這個問題。

『話說一条閣下，關於竊賊的下落或身分，您沒查到任何線索嗎？』

發問的是十文字家當家，剛從魔法大學畢業不久的第一高中校友——十文字克人。

「我姑且已經請求警方協助，卻被拒絕了。」

至今保持冷靜態度的剛毅，忿恨不平地扭曲表情。

『不能強迫要求協助。畢竟目前歹徒只是竊賊，只能交給警方處理吧……所以一条閣下，關於今後的方針，您有什麼想法？』

舞衣安撫剛毅，進一步詢問他接下來想怎麼做。

「我會派人調查和失竊遺物類似的出土物品保管在哪些場所，查到情報就會分享給各位。」

『我這邊也調查看看吧。一有結果會立刻通知。』

提供協助的是七草弘一。

「勞煩您了。」

剛毅朝著畫面低頭。

沒人繼續發言，線上會議就此結束。

剛毅在關閉的鏡頭前方站起來，大幅轉動緊繃的脖子，同時察覺四葉家當家四葉真夜沒發問也沒表達意見。不過他心想「應該只是沒機會插嘴吧」不以為意。

◇ ◇ ◇

巳燒島西部的四葉家專用設施（也可以稱為四葉家的巳燒島分部）和町田的魔法人聯社總部以小型ＶＴＯＬ相互接駁。不是只有一架往返，而是兩架ＶＴＯＬ同時從巳燒島與町田起飛。出發時間是每天的八點、十一點、十五點、十七點共四趟。

不過四葉家的交通手段不只如此。在前山梨縣小淵澤車站不遠處，四葉家以法人名義擁有一座直升機停機坪，從本家前來巳燒島的時候大多利用該處。

五月二十日下午四點半。不是降落在島嶼東南沿岸的巨大浮台「西太平洋海上機場」，而是降落在北部舊機場的ＶＴＯＬ，也是從小淵澤近郊停機坪起飛的。

在四葉家專用設施研究室致力改良人造聖遺物「儲魔具」的達也，聽到無線通訊機的呼叫聲抬起頭。

『達也大人，現在方便打擾嗎？』

按下應答鍵之後，出現在畫面上的達也專屬管家──花菱兵庫邊行禮邊這麼問。

「沒關係。發生了什麼事嗎？」

其實達也正在進行有點麻煩的計算，但也不必特別趕進度。他催促兵庫繼續說明有什麼事。

『津久葉夕歌大人來訪。』

津久葉家是四葉七個分家之一。夕歌是繼承人。她會使用強力的精神干涉系魔法，現在在本家的研究室工作。

「夕歌表姊嗎？她現在在哪裡？」

『她帶了東西過來，所以屬下請她在一樓的會議室等待。』

「知道了，我立刻過去。」

在四葉家之中，夕歌對達也的態度友善，但是在某些方面無法斷言完全站在他這邊。無論是從實力還是政治力的意義來說，夕歌都是達也不容輕視的對手。

達也闔上用來設計人造聖遺物所使用分子魔法陣的終端裝置，從地下的研究室前往一樓。

◇　◇　◇

「夕歌表姊。」

「達也表弟，好久不見。」

上次見到夕歌是四月初的事。以達也的感覺來說，不到「好久不見」的程度。不過對於整天在本家和相同成員共事的夕歌來說，或許會覺得好久不見吧。

「不好意思，讓您久等了。」

達也沒以對話填補感覺上的差異，這句道歉只是單純的問候。

「沒有事先聯絡就突然過來，我才要說聲對不起。」

夕歌的「對不起」也完全不是發自內心。

達也當然也和夕歌一樣完全不在意這種事。

「夕歌表姊，方便請教您的來意嗎？」

「當家大人派我過來的。我負責拿東西過來並且傳話。」

「謝謝。您拿過來的就是那個嗎？」

達也看向搬到會議室角落，大約是棺材大的貨箱。

「嗯。我想你已經猜到了，不過請確認吧。」

達也與夕歌同時走向貨箱。

夕歌取出遙控鑰匙解開貨箱的鎖。

在她的眼神催促之下，達也打開箱蓋。只是輕輕碰觸表面，貨箱就自動開啟。

貨箱內容物是女性型的戰鬥用機器人。機能目前是停止的。

「這是……多用途二一〇〇型的戰鬥用女機人嗎？」

「說對了。居然一眼就看出來，你的知識還是這麼豐富。」

達也說中型號，夕歌做出還算驚訝的反應。之所以只是「還算驚訝」，在於她認為達也應該也知道這種軍用機器人。

「居然取得最先進的機種，真是了不起。」

這具女機人（女性型機器人）的型號「二一〇〇」顯示它是二一〇〇年的機種，也就是今年的最新機種。和戰鬥用機器人以及非人型機器人不同，這種人型機器人不只是軍方，也預定會給警界使用，不過最新機種果然還是會先提供給國防軍。達也的感想一針見血。

「並不是用在能夠頻繁更換的環境，所以準備了最新機種。」

「原來如此。」

無論是不是戰鬥用，機器人的耐用年限據說都是十年。依照使用的方式，機械上的極限可能會稍微提早到來。

服侍達也的寄生物所寄宿的機體「琵庫希」開始運作至今已經五年。雖然還只到耐用年限的一半，不過燃料電池差不多開始劣化了。腿部的致動器因為曾經以預料之外的方式使用而早早受損，如今已更換完畢。戰鬥用女機人使用的不是燃料電池而是全固態電池，動力機構也因為原本是戰鬥用的機種而打造得堅固耐用，不過基本上機械上的極限肯定比人類的壽命來得早。

如果是機械，不能動的物件只要更換就好。但如果是用為寄生物的容器就沒這麼簡單。要將寄生物主體移轉到其他機體，雖然不是不可能卻很麻煩。而且這具機體預定運用在距地高度六千四百公里的高千穗，連精細檢修都無法隨便進行。選擇能夠長久使用的機種是當然的考量。

達也微微點頭，一旁的夕歌彎腰朝貨箱一角伸手，拿起包裝密實的小箱子遞給達也。

「然後這是『那個東西』。」

達也沒要打開這個箱子。他知道裡面是什麼東西。是三年前的七月，文彌在這座島上成功封印寄生物的人偶。

達也將小箱子放回貨箱，蓋上蓋子。雖然沒上鎖，不過先關閉了半自動的開關功能。這個貨箱今晚要飛向宇宙。人偶與女機人是光宣製作寄生人偶的材料，要是內容物不小心飛散出來會釀成大禍。

「確實收到了。那麼，傳話內容我洗耳恭聽。」

「夕歌大人，這邊請。」

聽到達也這麼說，兵庫邀夕歌入座。

夕歌坐在兵庫拉過來的椅子上。

達也自己拉椅子坐在她的正前方。

「今天上午，在線上舉辦了臨時師族會議。」

「討論了什麼事嗎？」

達也也知道，某些聲音認為應該把魔法人協進會與聯社的事情拿到師族會議討論。不過如果這件事成為議題，肯定會有人來找他談。他也沒聽說發生了其他的重大事件。若要說達也想得到的可能性，就是外國魔法至上主義激進派ＦＡＩＲ所策劃，他自己也成為當事人的人造聖遺物竊盜未遂事件，但如果是這種狀況，達也也不可能沒在事前得知要舉辦會議。

「是關於在糸魚川發生的魔法師竊盜案件。」

「魔法師犯罪沒有稀奇到必須一一為此召開師族會議吧？」

「如果是單純的竊盜案就不會。」

夕歌話中有話的語氣使得達也蹙眉。

「什麼東西被偷了？」

「博物館展示的古墳時代勾玉。翡翠製作的半成品。」

「……難道是聖遺物的素材？」

達也的推測使得夕歌睜大雙眼。

「完全正確！不愧是聖遺物的專家！」

夕歌的語氣至此不再嚴肅。

「我並不是專家。」

「在我們之間不必謙虛喔。你解開聖遺物之謎而且精製成功，沒人比你更清楚聖遺物。」

「我只是製作了原版的仿造品。」

夕歌聽完瞇細雙眼，像是要說「不准瞞騙」般瞪向達也。

「這是欺瞞局外人的說法吧？雖然你說是人造聖遺物，不過說起來，聖遺物的原版也是人類製作的魔法物品吧？你的人造聖遺物是以現代的製作方式重現原版，正因如此，所以也可以將性能提升到超越原版。不是這樣嗎？」

「回到正題吧。」

達也之所以如此提案，並不是因為害臊，是因為嫌麻煩。

「——知道了。」

夕歌自覺離題，回復為原本的語氣同意。

「犯人的身分有頭緒嗎？」

聽完夕歌的說明之後，達也這麼問她。

「不，師族會議好像沒提到這部分。」

「師族會議的結果，我已經聽您說了。」

達也的視線使得夕歌輕聲嘆氣。

「……但是家裡沒指示我告訴你這麼多。」

「應該也沒禁止吧？」

總歸來說，達也要求夕歌說的不是師族會議報告者一条家的調查結果，而是四葉家調查到的情報。

「確實沒禁止我說……」

夕歌像是要甩掉頭痛般微微搖頭。

「……這不是已經確定的情報，這樣也無妨嗎？」

「沒關係。麻煩您了。」

夕歌暗示自己不想說，但是對達也不管用。

「犯案集團很可能是進人類戰線。」

夕歌盡力以聲音表現出自己逼不得已的心情，說出達也要求的情報。

「您說的進人類戰線，是國內魔法至上主義激進派的非法組織嗎？」

魔法至上主義團體「進人類戰線」。不是「新人類」，是「進人類」。意思是「完成進化的人類」。從這個名稱就知道，他們認為魔法資質擁有者是人類的進化形態。

這種思想不是進人類戰線的專利，ＦＥＨＲ（Fighters for the Evolution of Human Race：人類進化守護戰士）或ＦＡＩＲ（Fighters Against Inferior Race：對抗劣等種（之迫害）的戰士）也適用這種思想。

「是的。好像和先前覬覦人造聖遺物的ＦＡＩＲ有合作關係。」

夕歌肯定達也的說法，追加他不知道的情報。

「ＦＡＩＲ的同盟者嗎……」

「嗯。原本好像是要打造ＦＥＨＲ日本分部而成立的組織。」

這個說明和達也的認知相左。

「ＦＥＨＲ的勢力肯定還不足以跨足日本吧？」

他以反駁的形式提出這個問題。

「不是由ＦＥＨＲ的領袖設立，是和她的思想產生共鳴的日本魔法師集團擅自成立。」

夕歌的回答帶給達也新的疑問。

「那為什麼不是和ＦＥＨＲ，而是和ＦＡＩＲ合作？」

「進人類戰線的成員大多認為，如果是為了對抗非法的魔法師排斥運動，即使違法動用武力也在所難免。不過ＦＥＨＲ的領袖蕾娜・費爾至今堅持不使用暴力。進人類戰線耐不住性子，結果從ＦＥＨＲ跳槽到ＦＡＩＲ。」

「原來如此。」

達也認為這是常有的事。

「——那麼，本家認為這次聖遺物素材失竊，是和先前事件相同的幕後黑手唆使的一連串事件嗎？」

「是的。」

夕歌點頭回應達也的推測，補充一句今天原本沒要傳達給他的訊息。

「當家大人說，『依照狀況可能會找達也幫忙』。」

「夕歌表姊，請轉達給母親大人說『我知道了』。」

達也在四葉家內部（對外當然也一樣）是真夜的親生兒子。達也的回答是依循這個設定。

[5] 魔工院（3）

正準備開校的魔工院（魔法工業技術專門學院），在五月二十二日星期六迎接將來的學院長。

看見達也帶進辦公室的人物，真由美人吃一驚，驚訝程度令遼介忍不住輕聲詢問：「七草小姐認識他嗎？」

對於拍板擔任學院長的這個人，遼介的感想是「好年輕」。雖說年輕也比遼介年長吧，不過相差恐怕不到十歲，說不定還未滿三十歲。

身高和遼介差不多，遼介高了二到三公分吧，只有這種程度的些許差距。體格偏瘦。遼介光看外表也偏瘦，但他只是穿衣顯瘦，肌肉量很多，完全是「脫掉衣服很傲人」的男性版。不過獲選為學院長的青年感覺不是穿衣顯瘦，是真的很瘦。

容貌與身上洋溢的氣息，給人「完全是研究者」的印象。他在這一點或許很適合學院長這個職務……不過實際上，學校的校長比起學識，或許更被要求擁有管理教職員的能力，這始終是遼介自己的想像。

「為各位介紹。這位是答應擔任魔工院學院長的八代隆雷先生。」

遼介還沒從真由美那裡得到答案，達也就先介紹這位學院長。

（「八代」？）

「常務，我知道這麼問很冒昧……」

遼介反射性地開口提問。

「八代先生是十師族八代家當家的弟弟。」

但是問句還沒說完，他就從達也口中得到答案。

（果然是十師族……）

遼介理解真由美為何露出那種表情了。這種事當然會大吃一驚。遼介也不禁感到驚愕。

魔工院是魔法人聯社經營的教育訓練機構。

魔法人聯社是達也設立的社團法人，不過看理事長是由四葉家下任當家深雪擔任就知道，該法人和四葉家關係密切。達也和四葉家的階級關係並不明朗，所以無法斷定聯社是否在四葉家的掌控之下，不過肯定可以視為家族法人。

四葉家相關法人設立的機構，居然由八代家當家的弟弟執掌。雖說同為十師族，但真由美的狀況不太一樣。真由美單純是職員，而且是她主動登門求職。八成是七草家為了刺探聯社目的而派她過來的。

八代隆雷的狀況是達也主動拜訪聘請，而且八代家好像是當場同意隆雷就任魔工院學院長，不過或許事先就交涉過。不，這麼推測應該比較符合常理。若是如此，就應該推測在隆雷就任學院長的幕後，四葉家與八代家完成了各種協定。

應該不會是八代家要納入四葉家旗下。反過來的狀況更不可能。或許四葉家與八代家組成同盟了。

——以上是遼介的想法。隆雷向真由美與遼介打招呼的時候，主動說明他接受學院長一職是因為他和哥哥雷藏都對達也的理想產生共鳴，但是遼介沒能完全相信這個說法。

◇　◇　◇

這陣漣漪當然不是僅止於學院與魔法人聯社內部。

「這是真的嗎？」

睽違大約兩週回到老家的真由美，告知八代隆雷就任魔工院的學院長。七草弘一聽到這個消息之後一開口就是這句話。即使是他這樣的人物也難掩驚訝語氣。不，這個震撼過於強烈，他還沒意識到要隱藏情緒就發出聲音。

老實說，目睹這個反應的真由美內心大呼痛快。她現在的心情說穿了就是「瞧你這副德行」

吧。對於總是被弘一逼著挑戰難題的真由美來說，父親的狼狽模樣令她愉快。無法否認她也因為父親造成的壓力累積至今而變得有點壞心眼。

「當然是真的。我沒理由在這種事說謊。」

「不，話是這麼說……」

「您無法相信嗎？」

真由美以有點惡作劇的語氣詢問父親。

「老實說難以置信，但是只能相信。」

弘一放鬆力氣，身體向後躺在沙發椅背。

「話說回來……八代家是和四葉家聯手了嗎？」

十師族自認是代表魔法師利弊的集團。日本魔法協會也是為魔法師利弊代言的組織，不過協會基於官方組織的立場無法忽視政府的意向。感覺為了「防止核戰」這個絕對不能退讓的目的，協會也不得不大幅對政府讓步。

相對的，十師族有時候會給政治家或財界人士一個方便，有時候會主動扛下爛攤子做人情給掌權者，藉以追求魔法師的利益或是阻止魔法師利益受損。十師族的活動經常是在和掌權者暗中交易，也不惜採取非法手段。

話說回來，人們一旦承認非法活動是必要之惡，就容易以此為藉口失控。結果不是做得太過火而受到制裁就是引火自焚。為了避免這種下場，十師族要求自己遵守「相互監視」的潛規則。

從這個宗旨來看，十師族彼此聯手是違規行為。既然是人類的集團，就無法避免派系形成，不過必須僅止於不會妨礙相互監視的範圍。若是沒知會其他師族就聯手推動事業，不得不說很可能會危害到十師族體制。

「沒想過可能是八代隆雷先生以個人身分協助嗎？」

「以個人身分協助四葉家？」

「不是協助四葉家，是協助司波常務這個人。」

聽到真由美的論點，弘一陷入思考。

「……不，很難認定隆雷先生是和司波個人簽訂密約。即使不是和四葉家，而是和司波個人合作，這也是八代家的決定吧。」

弘一沒看著真由美。而且聽他的語氣，這應該是自言自語。

如此判斷的真由美保持沉默。

「金援？不，我沒聽說八代家在推動哪個需要龐大資金的計畫……技術合作嗎？感覺這方面有可能……真由美，妳有聽說什麼事嗎？」

「您這麼問，具體來說是想要什麼樣的情報？」

看到父親終於想要繼續對話，真由美以冷淡的聲音反問。

真由美總是以這種態度對待，所以弘一沒特別在意。

「關於接下學院長職務的原因，八代先生有說些什麼嗎？」

真由美暗自心想「終於問了這個問題嗎」，但是沒顯露在話語或表情上。

「他說他對司波常務的理念產生共鳴。」

「共鳴……？」

弘一疑惑低語。雖然聲音很小，卻沒小到真由美聽不到的程度。

「是的。所以我才說學院長或許是以個人身分協助常務。」

「怎麼可能……是因為理念？太離譜了。」

「會嗎？」

「…………」

對於真由美的反問，弘一無法給個答案。沉默不語的他臉上寫著「難以理解」。

在妹妹們的挽留之下，真由美決定今晚住在老家不回員工宿舍。她的房間維持她離家時的模樣，所以傭人只在鋪床的時候比較辛苦。但即使房間主人不在，每天早上還是會整理床鋪，所以稍微處理一下就可以用來就寢。

真由美上床以語音指令關燈之後，蓋著涼被回憶剛才和父親的對話。

（父親大人不懂……）

魔法人聯社的理念是協助無法以魔法技能維生的魔法資質擁有者也能活用魔法資質，她的父親卻認為這種理念比起金錢或技術上的利益不足為提而棄如敝屣。確實，如果只是被一兩百人感謝，對於四葉家或八代家都頂多是蠅頭小利，短期來看也不會為魔法界帶來利益吧。

不過魔法人聯社開拓的道路，能讓不到實戰等級的魔法人也可以活用魔法天分，這個事業帶來的影響，並非僅止於直接受惠的魔工院畢業生以及恆星創能新職員。

真由美知道。一些學長姊與同學們立志成為魔法師卻苦於魔法技能沒有進步，最後考不上魔法大學而落淚。雖然沒有親眼看見，不過在就讀魔法大學附設高中的期間沒能平等接受指導，從一開始就放棄進入魔法大學的二科生比比皆是。說起來，還有更多人擁有魔法資質，卻沒達到測驗評定的標準而無法就讀魔法科高中。

可以活用天生的才能。

這肯定會連結到人生的價值。

興趣和專長不符的例子確實不算少。應該也有一些人不希望人生道路被天分束縛而煩惱吧。但是在現在的社會，魔法的用途明顯受限，找不到能夠活用天分的工作而鬱鬱寡歡的魔法資質擁有者肯定比較多。

魔法人聯社的事業能為現在的魔法資質擁有者帶來人生價值，創造出希望戰勝絕望的未來。

達也想做的事情不是單純追求金錢上的利益，更絕對不是想要獲得權勢。他的目的是改革社會。

真由美也不認為這是八代隆雷願意點頭的所有原因。八代家當家兄弟應該沒單純到只因為一個原因就決定去留。不過真由美猜想這是隆雷接下魔工院學院長職務的大半動機。

改革社會的理想，會成為推動人們的強大力量。

父親不懂這個道理——真由美在床上如此心想。

◇◇◇

即使隔天是星期日，八代隆雷就任魔工院學院長的新聞也在這天傳遍十師族、師補十八家、含數家系百家以及魔法協會幹部之間。和先前設立魔法人協進會時的四葉家一樣，如今四葉家與八代家也接到鋪天蓋地的質詢。對於詢問（逼問）兩家關係的問題，四葉家與八代家都只能回答「建立同盟關係的事實不存在」。

不過在這波質詢之中，六塚家當家詢問四葉家的是另一件事。

「……六塚閣下要協助達也的事業？」

溫子出乎意料的要求，使得真夜也終究藏不住意外感。

『是的。有什麼我可以幫忙的事嗎？』

「謝謝您提出這個意願，但是六塚家基於立場很難協助吧？我想您應該知道，八代家和我們家正在遭受什麼樣的質疑。」

不想造成更大騷動的真夜，委婉拒絕溫子的要求。

『像是八代閣下的弟弟那樣，以個人名義協助也很難嗎？』

但是溫子沒有輕易罷休。

「那裡和六塚閣下的住處有一段距離，您應該沒辦法兼顧十師族的職責吧……」

『……果然如此嗎？』

真夜基於客觀的事實說服，溫子終於打消念頭。不過感覺她不是由衷接受。雖然只以語音通話，但是光聽就明顯聽得出溫子深感遺憾。

「要不要和達也談談？」

即使真夜的提案不是單純出自同情，也無法否定這是一大要素。

『方便讓我這麼做嗎？』

「沒關係。不過您為何這麼想協助我兒子與姪女的事業？」

真夜難得打從心底感到詫異。而且還將這份詫異顯露在他人面前。

『……站在十師族的立場，這或許不是值得稱讚的事吧。』

溫子回答時的聲音帶著害羞之意，使得真夜「哎呀？」歪過腦袋。

『不過聽到這次的事情，我覺得被八代閣下搶先了。』

「搶先什麼？」

『得知令郎創辦的事業時，我有一種想法。我也想試著改變。』

「您說的『改變』是？」

『令郎認真想要改變這個世界。得知這件事之後，我察覺同樣的想法也沉眠在我心中。』

「這真是不得了了。」

真夜的聲音沒有嘲諷或冷笑的要素。若要舉例的話，這是對年紀小自己一截的手足會心一笑的聲音。

『請儘管笑吧。明明已經年過三十，卻說出像是少女會說的話。我也沒想到自己體內還殘留這種青春活力。』

另一方面，從溫子的聲音輕易想像得到她正在臉紅。

「這也無妨吧？真要說的話，達也也已經不是稱為少年的年紀了，我認為這種心情和年齡無關喔。」

『是嗎？謝謝您。』

話筒傳來溫子害羞的笑聲。

真夜也配合她說聲「是的」回以輕聲一笑。

[6] 協進會與FEHR（1）

日本魔法界對於四葉家與八代家的關係感到疑慮而不知所措的五月二十三日星期日。這天將近傍晚的時候，達也即使身為當事人卻完全無視於這場騷動，面向國際編碼通訊用的終端裝置。

通訊對象是魔法人協進會的代表——艾莎．錢德拉塞卡。達也知道她今天不在印度波斯聯邦前印度領地海德拉巴的自家，而是在協進會總部所在的斯里蘭卡島。通訊地點也是位於斯里蘭卡島南端都市迦勒的協進會總部。

消化一整套的社交辭令之後，達也詢問錢德拉塞卡是否知道「ＦＥＨＲ」這個團體。

『是將溫哥華設為活動據點的魔法至上主義團體。』

錢德拉塞卡沒停頓就這麼回答。

「博士您之前說過不想和魔法至上主義團體合作，這個想法沒變嗎？」

『……先生您想和ＦＥＨＲ結盟嗎？』

這次她以詢問代替回答。這句反問間隔了一小段時間。

「我想試著接觸他們，確定是否是可以互助合作的對象。」

『那個團體目前好像維持守法的方針，我覺得無妨吧。』

錢德拉塞卡比達也預料的還要乾脆同意。看來關於ＦＥＨＲ這個團體，她擁有的情報不是只有概略的程度。

『話說先生，您想和ＦＥＨＲ接觸的契機是什麼？我想我們應該是首次聊到ＦＥＨＲ吧？』

「ＦＥＨＲ派遣成員進入我這裡了。」

聽到達也老實這麼回答，錢德拉塞卡回應「這真是不得了……」微微一笑。

『……先生說的「您那裡」是魔法人聯社嗎？』

或許是理所當然，不過錢德拉塞卡知道聯社的事。聯社不是協進會的下層組織或相關團體，所以關於聯社的設立原本不必徵得錢德拉塞卡的同意，不過達也事前就向她說明聯社的事。

「是的。」

達也很乾脆地承認。錢德拉塞卡沒說出擔心或催促提高警覺的話語，也沒詢問間諜的身分。關於ＦＥＨＲ所派遣間諜的話題到此為止。

錢德拉塞卡表示會在明天之前以文件形式列出將來和ＦＥＨＲ合作的條件，再將初次交涉的任務交給達也，結束這天的討論。

◇　◇　◇

達也在當天吃晚餐的時候，向深雪與莉娜說明他和錢德拉塞卡討論了和ＦＥＨＲ建立合作關係的事宜。不只對深雪也對莉娜據實以告的原因，在於達也認為ＦＥＨＲ是ＵＳＮＡ的團體，依照狀況可能會請莉娜出動。

和達也他們一起住之後，莉娜在好壞兩方面變得率直。她本質上應該是不會說謊的好人吧。變得正直的結果，她想隱瞞事情卻自掘墳墓的次數減少了。她自己在心理層面肯定輕鬆許多。

「我想你應該知道，不過我反對。」

現在也像這樣心直口快說出真心話。

「我自認理解這麼做的風險。不過一味害怕風險的話，也可能總是錯過機會，導致狀況明顯惡化。」

「你說說看，和ＦＥＨＲ聯手可以迴避哪種狀況？」

莉娜發問的語氣有點嗆。

「要是孤立的ＦＥＨＲ轉為進行非法活動，和ＦＡＩＲ這種犯罪組織聯手，將會成為協進會的強大阻力，也會助長反魔法主義者更強烈主張『魔法人對於多數派來說是危險的存在』。」

這裡的「多數派」指的是魔法資質擁有者以外的人，也就是沒有魔法資質的人。對於將自己定義為少數派，達也並不是不感到抗拒，不過魔法人是絕對的少數派，這個事實毋庸置疑。

「是要監視ＦＥＨＲ別犯罪或進行恐怖攻擊嗎？」

莉娜露出料想不到的表情反問達也。

「也包括這一點。」

「是喔……那我可以接受。」

莉娜收起矛頭時，輪到深雪向達也發問。

「可是達也大人，既然這樣的話，聯社直接參與不是比較好嗎？」

「不……」

對於深雪的問題，達也緩緩搖了搖頭。

「只要監視的話是這樣沒錯。不過魔法人聯社的活動始終以日本國內為主。我考慮過總有一天會接納海外人材，不過和外國組織合作超過了聯社的事業內容。要是和ＦＥＨＲ建立直接合作的關係，魔法協會或國防軍很可能會對聯社進行不痛不癢的刺探。」

「……您說的確實沒錯。是我思慮不周。」

達也對羞恥的深雪搖了搖頭。

「單純只是我花很多時間思考這件事罷了。」

「好啦，所以這件事說完了嗎？那就開動吧，飯菜都涼了。」

謙讓即將變成放閃，嗅到這股氣息的莉娜試著強行結束對話。

達也與深雪掛著苦笑配合。

◇　◇　◇

隔天，五月二十四日星期一。錢德拉塞卡依照約定，將合作案傳給達也。

達也立刻檢視電子郵件寄來的文件內容。只有一項不在預料的範圍，這一項的內容也不會損害達也的利益。但是他實在無法克制自己想確認錢德拉塞卡真正意圖的心情。

收到郵件的一小時後，達也終於以編碼通訊呼叫錢德拉塞卡。

「──博士，現在方便借點時間嗎？」

『沒問題，先生。有什麼不明白的地方嗎？』

幸好錢德拉塞卡現在有空。

「我想請教一件事。關於和ＦＥＨＲ的人材交流……」

『好的，怎麼了嗎？』

「真的預定派遣夏斯特里小姐去ＦＥＨＲ嗎？雖然沒公認，但她是戰略級魔法師吧？」

愛拉・克里希納・夏斯特里是擔任錢德拉塞卡護衛的非公認戰略級魔法師。她的職責應該不只是護衛吧。戰略級魔法是在將目標設定為都市、艦隊或大型部隊時才首度得以發揮真正價值。夏斯特里習得的「神焰沉爆」也是如此。

「神焰沉爆」這個魔法，是在對流層與平流層境界附近以斷熱壓縮的方式製造大規模高密度的空氣塊，就這麼維持高密度的狀態落下。

壓縮為高密度的空氣比沒壓縮的空氣重。以魔法維持高密度狀態，藉由斷熱壓縮的效果成為比高空的低溫空氣還重的高溫空氣塊，這是在大自然不可能發生的現象。

變重的空氣塊即使置之不理也會開始下降。以魔法加快下降速度之後，壓縮的高溫空氣以及落下時空氣塊摩擦生熱的空氣會一起撞擊地面（海面）。衝撞地面的氣流朝周圍噴出高熱與衝擊。這就是戰略級魔法「神焰沉爆」。

這個魔法不容易被地理條件影響。此外只要改變空氣塊的體積就可以調節威力，從破壞都市的戰略級到對付小型部隊的戰鬥級皆可。

另一方面，已知的缺點包括會被颶風之類的大規模氣候現象影響，以及從發動到攻擊的時間間隔太久。

由於可以調節威力，所以「神焰沉爆」是方便使用的魔法，而且威力誇稱不負戰略級魔法之名。達也認為當然要儘可能避免這個魔法落入他人手中。

『神焰沉爆需要專用CAD，所以不必擔心機密外洩。而且某些情報必須從內部才能取得。派遣可以信賴的人過去是理所當然吧？』

「如果只是要取得情報，我想應該有更適合的人選。博士能自由使喚的魔法師應該不只夏斯特里小姐一人吧？」

『……接下來這件事麻煩保密。』

錢德拉塞卡語帶厭惡這麼說，達也默默點頭。

『最近，聯邦軍吵著要我交出愛拉。』

她提到的「聯邦軍」無須多說，就是印度波斯聯邦軍。

「政府的意圖是要確保兩名國家公認戰略級魔法師，以這份戰力為靠山對大亞聯盟確立外交優勢嗎？」

『應該是這麼回事吧。補充一點，我想也是對「使徒」增為兩人的日本抱持對抗心態吧……不過先生您是另當別論。』

「使徒」是國家公認戰略級魔法師的通稱。三年前，一条將輝被認定是戰略級魔法師，日本的「使徒」增為五輪澪與他共兩人。後來達也除掉新蘇聯的貝佐布拉佐夫，所以擁有複數國家公認戰略級魔法師的國家只有USNA與日本兩國。

「博士不想將夏斯特里小姐交給軍方，而是留在身邊嗎？我覺得為此派她去FEHR的話沒什麼意義。」

『我不想讓愛拉上戰場。她不適合戰爭。我之所以傳授戰略級魔法給她，也是認為只要她是戰略級魔法師就不會輕易被投入戰場。』

錢德拉塞卡說完這段話之後，以空洞的語氣輕聲說「可惜我計算錯誤了」。

「……不過既然有這種隱情，政府不會准許夏斯特里小姐出國吧？」

『這部分有辦法解決。我向軍方說過愛拉的能力還不穩定，實戰的時候無法負荷。』

「博士您說這種謊沒問題嗎？」

『並非完全是謊言喔。愛拉確實有著不穩定的一面。』

錢德拉塞卡在畫面上嘆氣。

『軍方與政府好像已經談妥，要在魔法師軍官之中挖掘新的適任者。不過要是為此花太多時間，軍方高層應該會失去耐心。』

「應該會花很多時間吧。戰略級魔法的適任者不可能這麼輕易找到。」

『是的。所以我這麼做的另一個意思，也是要讓愛拉出國避難。』

「既然有這種隱情，我不會再多說什麼。我會以您給的條件開始交涉。」

『好的。先生，麻煩您了。』

達也道別之後關閉編碼通訊線路。

[7] 聖遺物爭奪戰（2）

即使警方設哨臨檢並且封鎖海路，從糸魚川博物館竊取的半成品翡翠勾玉依然被運到設置在舊金山的ＦＡＩＲ據點。

五月二十日送到的勾玉，花了三天分析出結果。

「閣下。說來可惜，從半成品遺物無法查明聖遺物的製作方法。」

「並不是什麼都沒查到吧？」

在只有兩人的房間聽完蘿拉的報告之後，狄恩如此反問。和幾天前一樣，狄恩坐在辦公桌後方，蘿拉站在辦公桌前方。

「只有證實至今的推測，沒查出任何新情報。」

蘿拉搖了搖頭。

「——具體來說查到了什麼？」

但是狄恩不接受這個回答。

蘿拉無可奈何進行違背本意的報告。

「入手的遺物是聖遺物的半加工品無誤。聖遺物的製作方法是重新分配礦石色素，在內部描繪立體魔法陣，這部分也幾乎可以確定。」

「聽起來進展了一大步啊？」

「我想無須重新說明，光是畫出魔法陣不會發揮任何效果。如果使用早期的說法，必須在完成的魔法陣注入魔力。」

蘿拉是被稱為「魔女」的古式魔法師。比起現代魔法學的新形容方式，她應該更熟悉傳統的用語。

「魔力嗎……仔細想就覺得不可思議。我們在使用『魔法』的同時，卻不知道魔法源頭的『魔力』是什麼。」

「關於魔力，也就是事象干涉力的真面目，去年發表了一個有力的假說。」

「『事象干涉力是靈子波』的那個假說吧？不過並不是所有靈子波都能改變事象。要怎麼做才能將靈子波動轉換為事象干涉力？那篇論文沒說明加工方法。」

「這正是問題所在。我們想要的魔法式儲存用聖遺物若要發揮功能，必須具備能夠從外部吸收『魔力』或是在內部積蓄『魔力』的系統。」

「……哎，寫那篇論文的是他。或許是為了保護聖遺物的祕密才刻意不公開。」

狄恩與蘿拉聊到的論文是達也發表的。狄恩的推測不能斷言是瞎猜。

對於狄恩這段話，蘿拉沒有直接說些什麼。

「可惜我們獲得的遺物沒有這個系統的線索。」

她回到遺物與聖遺物的話題。

「那麼蘿拉，妳認為接下來該怎麼做？」

「我建議從挖掘現場竊取原版聖遺物。」

蘿拉回答得不加思索。她明顯從一開始就打算提出這個方案。

「要複製擁有魔法式儲存效果的聖遺物，一定需要原版嗎？」

「是的。」

由於手邊沒有原版，所以沒有根據能斷言「只要有原版就能複製」。但她確信以現在手上的資料不可能重現魔法式儲存效果。

「我們組織的成員大多只能使用種類有限的魔法。為了對抗劣等種的迫害，我們需要魔法武器，讓不適合戰鬥的魔法師也能發動軍事用魔法。而且要製造這種魔法武器，數量充足的聖遺物不可或缺。」

「您說的是，閣下。」

此時狄恩突然露出稍做思索的表情。

「……但從原版挖掘場所的地理條件來看，肯定很難由我們組織的成員竊取。要利用誰？」

「要不要再委託進人類戰線一次？」

蘿拉回答得毫不猶豫。

「挖掘現場有日軍戒備吧？他們能力應該不夠吧？」

狄恩當然抱持這個疑問。

「對於ＦＡＩＲ來說，進人類戰線並非不可或缺的棋子。即使力有未逮全軍覆沒，我們也不痛不癢。」

而且蘿拉的這段回答，從她們的作風來看是理所當然。

「要是進人類戰線被抓呢？」

「我們什麼都不做，直接切割就好。進人類戰線原本是讚揚蕾娜．費爾的日本人集結組成的團體。他們一方面讚揚，一方面感到失望而和我們聯手，不過應該還有不少人依然認定進人類戰線是和ＦＥＨＲ相關的團體。要是進人類戰線落網，我想應該也會殃及蕾娜．費爾。」

「殃及那個女人嗎？好吧。」

狄恩露出邪惡的笑容點頭。蕾娜．費爾沒有弄髒自己雙手的決心，狄恩厭惡她這種過於天真的立場。拒絕跳脫劣等種所訂立法律秩序的她要是受到冤罪折磨，狄恩認為肯定是天大的嘲諷。

「除此之外，我還有一個提案。」

蘿拉鞠躬行禮，就這麼低著頭繼續說。

「說來聽聽吧。」

「我認為應該組織調查隊派往沙斯塔山。」

蘿拉回復站姿說出提案內容。

沙斯塔山是矗立在加利福尼亞州北部，海拔四千公尺級的高峰。也以著名礦泉水品牌的源泉為人所知。

「原住民族尊為聖山的沙斯塔山啊。意思是那裡有魔法式儲存用聖遺物的線索？」

蘿拉微微鞠躬，這次是立刻抬起頭。

「看過日本聖遺物挖掘現場乘鞍岳的照片，我覺得靈力性質的地形和沙斯塔山相似。」

「這是妳身為魔女的直覺嗎？」

「是的。」

「嗯……我知道了。那麼蘿拉，由妳指揮調查隊。成員也交給妳來選拔。」

「遵命，閣下。」

蘿拉恭敬朝著狄恩深深彎腰致意。

◇　◇　◇

進人類戰線的據點位於房總半島南部的東京灣岸。創立時的活動地點更接近東京都心，不過當時的領袖引發事件，組織一度解散，現在的副領袖在這塊土地重新組成進人類戰線。

前領袖引發的事件原本是重罪，卻基於各種隱情沒成案，媒體報導也被控管。但即使犯罪行為記錄不公開也還是在當局留底，就算不使用「進人類戰線」這個名稱，原班人馬組成的團體也不可能被認證合法，也難免受到治安當局監視。進人類戰線轉為地下組織是當然的結果，在房總半島的根據地也只有極少數人知道這個祕密。

五月二十五日上午，駐守在這個祕密據點的進人類戰線副領袖深見快宥，收到來自ＵＳＮＡ的編碼通訊。

「是，我是深見。」

發訊者顯示在通訊機上。深見毫不猶豫自報本名。

『我是狄恩。深見，只有你一人嗎？』

「領袖不在。」

進人類戰線的領袖吳內杏是二十六歲的女性，但她剛好外出拜訪贊助者所以不在——此外深見是二十五歲。

『上次謝謝你。』

「不客氣。這邊也有收到報酬，所以不必多禮。」

這是以防止竊聽為最優先的語音編碼通訊。彼此不知道對方掛著何種表情說話。

「所以？又要委託工作嗎？」

進人類戰線和ＦＡＩＲ是合作關係，卻沒有親密到沒事就會聯絡。此外，雙方也沒有階級關係。深見這句冷淡的話語一針見血。

『可以拜託你們嗎？』

狄恩的回應證實了這一點。

「有相應的報酬就沒問題。」

『當然，這我保證。』

聽到深見公事公辦的回答，狄恩親切回應。

「告訴我要做什麼吧。」

深見催促狄恩說明具體內容。

『我想獲得原版聖遺物。』

聽到委託內容，深見眉心出現皺紋。

「原版保管在國防軍的技術開發總部吧？以我們的戰力不可能做得到。」

『目標不是保管在軍方研究所的聖遺物。』

深見明確表示做不到而拒絕，卻捨不得放棄ＦＡＩＲ提供的報酬。如果自己的想法和前提條件不同，就有重新考慮的餘地。

「那麼目標是出土之後正要運到技術開發總部的遺物？」

『不，我想從挖掘現場竊取。』

但是狄恩的回答不太能讓深見欣然接受。

「……軍方不是會戒備嗎？」

感覺和當初預料的風險差不了多少。

『應該會戒備吧。不過肯定比總部的研究所好應付。』

「我想也是吧……場所呢？」

深見一邊詢問狄恩，一邊想起組織的艱困現狀。當前不缺活動資金，但是差不多該做幾件大事了，否則將會逐漸難以維持向心力。這就是他們進人類戰線目前的狀況。

『乘鞍岳西南山麓。這邊沒查出更詳細的位置。』

突破國防軍的戒備。雖然無法向社會展示，不過深見判斷可以建立組織成員的自信。

「……先從那裡嗎？報酬要加碼喔。」

『我保證不會讓你失望。』

「知道了。我和領袖討論之後會在今天回覆。寄電子郵件沒關係嗎？」

這裡說的「討論」是藉口。進人類戰線的活動方針不是由領袖吳內，而是由副領袖深見來決定。吳內的職責是和贊助者打好關係。

『沒關係。這邊之後也會用編碼郵件聯絡。那麼先說到這裡。期待你回覆好消息。』

「嗯，就這麼辦吧。」

深見如此回應的同時結束通訊。

領袖吳內回到祕密據點之後，深見姑且向她報告FAIR委託的內容，依照約定在當天寄編碼郵件給狄恩允諾。

[8] 潛入USNA（2）

五月二十五日星期二夜晚。

達也帶著深雪與莉娜來到巳燒島西南部的虛擬衛星電梯。從西北部四葉家專用設施來到這裡的交通工具是無人廂型車。後車廂的貨物只要一鍵就能自動卸貨的車種。

將載來的物品放到虛擬衛星電梯的魔法陣中央，廂型車開到電梯主體──疑似瞬間移動的刻印魔法陣外側。達也讓莉娜下車之後，開車移動到魔法陣的另一側，和深雪一起下車。

「兵庫先生，可以幫我聯絡高千穗嗎？」

達也以無線電呼叫正在雷射通訊設施待命的兵庫。

『遵命──請說。』

「水波，聽得到嗎？」

利用雷射通訊設施的轉播，達也以無線電呼叫高千穗的水波。

『是，達也大人。這邊做好準備了。』

通訊沒有延遲，音質也很清晰。即使來回兩地的距離約一萬三千公里，通訊狀態依然良好。

「那麼，我送過去了。」

『好的，請。』

達也就這麼開著通訊線路。

「深雪。」

他輕聲向深雪說。

「是。」

深雪朝達也堅定點頭。

達也點頭回應深雪，高舉右手，看向約兩百公尺前方的莉娜。

莉娜舉起單手回應。

達也揮下右手，深雪與莉娜啟動虛擬衛星電梯的魔法陣。

刻在地下三十公分處，「疑似瞬間移動」的刻印魔法陣。放在魔法陣上的物品是「棺材」，裡面是寄生人偶的素體以及封印寄生物的人偶。

超長程疑似瞬間移動魔法發動。

收納寄生人偶材料的棺材，瞬間被運送到距地高度約六千四百公里的衛星軌道。

疑似瞬間移動的抵達位置是高千穗外殼外側的宇宙空間。

現代魔法沒有真正的瞬間移動。穿透壁面傳送物體的技術沒有實現。

不過，憑著光宣的魔法力，要接收物品不成任何問題。虛擬衛星電梯不只是將物品從地面移動到衛星軌道，內建的功能還能讓物品抵達的速度和高千穗同步。對於光宣來說，以移動系魔法將數十公尺前方漂浮的物品運送到氣閘，就像是去快遞箱拿包裹一樣輕鬆。

即使如此，光宣現在卻浮在漆黑的宇宙空間。理由單純是因為好玩。不穿太空衣在高千穗外部各處暢遊，是他最近喜歡的遊戲。

對於光宣這種魯莽的娛樂，水波剛開始也有點緊張。如果是以前，她肯定會擔心到心臟快要停止。這應該是成為寄生物之後的變化。如今她即使心想「真是拿他沒辦法……」而嘆氣，也還是面不改色送光宣前往「外部」。

然而即使沒穿太空衣，光宣卻不是毫無防備。就算是寄生物，血肉之軀也無法長時間承受宇宙線直接照射，而且需要空氣。他以魔法架設反物資與抗輻射護盾，在護盾內部確保空氣。

光宣在外部游向「棺材」站在旁邊，將其推向高千穗。

高千穗是以打撈上岸的新蘇聯飛彈潛艦改造而成。飛彈垂直發射裝置也換成可以搬入貨物的大型氣閘。

光宣以手動方式開啟這道氣閘。平常上鎖無法從外部開啟，但他外出時就這麼沒鎖。

他和棺材一起進入氣閘，關閉外門。確認完全鎖好之後打開內門，水波就在門後待命。

「歡迎回來。」

水波微微鞠躬迎接光宣。雖然遣辭用句很恭敬，但她的態度沒有見外的拘謹感。

「我回來了。」

「東西要放進工作室嗎？」

「我來搬吧。」

光宣點頭回應水波的詢問，讓棺材浮在半空中。高千穗的加壓區塊是由人造聖遺物發動重力控制魔法，維持和地面相同的重力。雖然可以暫時解除這個魔法，不過將移動魔法作用在棺材上比較輕鬆。

不提高千穗主體，起居室與寢室使用的電器是普通的民生用品。即使不會嚴重到故障，也必須設想到可能出現一些小毛病。

這裡是距地高度約六千四百公里的外太空。不可能像是待在地面那樣隨便找服務人員過來。某種程度都必須由他們兩人自行處理。

為此設置的就是工作室。依照定期更新的資料庫，ＡＩ會操作機械手臂自動維護家電。此外這套ＡＩ與機械手臂不只是民生用品，也能維護或改造更高階的電子或電機裝置。

光宣將棺材放在工作台旁邊，先取出封印寄生物主體的人偶，放在工作台旁邊的小桌子，接著以魔法抬起用為素體的女機人放在工作台。女機人的重量大約比身高相同的人類重一點（具體來說是身高一七〇公分，重量七十公斤），所以只要加把勁也可以用雙手抱起來。不過這個物體姑且是女性外型，若要在水波面前抱起來，光宣會下意識感到抗拒。

女機人的使用說明，光宣已經預先看過。光宣取下偽裝成腰帶扣的插座蓋，插入兼用為資料傳輸線的電源線。

螢幕顯示機體的狀況。

電池完全充飽。

電子頭腦是休眠狀態。

已裝備的戰鬥用外裝數量是零。

螢幕上看不出來的項目，光宣以自己的「眼」確認。

沒有殘留意念。

殘留想子、殘留靈子極為稀薄，幾乎是中性狀態。

可說是移植寄生物的最佳狀態。以達也的作風，應該是早就知道這一點，所以調整成這個狀態送過來吧。

「水波小姐，妳去休息沒關係的。」

「不，雖然沒辦法幫忙，不過請務必讓我見證。」

「是嗎？那就請妳這麼做吧。」

光宣沒和水波爭辯，很乾脆地接受她留在現場。

要做的事情說來單純。將封印在人偶的寄生物釋放，控制獲釋的寄生物主體，引導進入女機人的電子頭腦，再以系統外魔法固定。

光宣轉眼之間就順利完成這些程序。

此時他不是「呼……」地吐一口氣，而是輕聲開口。

「對了。水波小姐，可以協助我嗎？」

聽到預料之外的這句話，水波露出驚訝表情，脫口回應「好的」。

「所以我要做什麼？」

並且進而要求具體的指示。

「要讓寄生人偶清醒，必須在最後以想子填滿這具『容器』。希望妳幫我這個忙。」

「將想子注入休眠的寄生人偶就好嗎？」

「要和我一起。」

光宣說著朝水波伸出左手。

水波有點害臊地將右手放在光宣的左手上。

愛戀與疼惜。

渴求的心情，以及想被渴求的願望。

透過相繫的手，兩人彼此懷抱的情感膨脹、擴散。

光宣的想子從左手流向水波。

水波的想子從右手流向光宣。

兩人的想子混合交融，從光宣右手與水波左手注入寄生人偶。

溶入想子流的兩人情感喚醒寄生人偶。

從工作台起身的寄生人偶，靈活地以雙腳踩著地面站起來，然後立刻朝著光宣與水波單腳跪地低下頭。大概因為這具女機人是戰鬥用的，雖然姑且是女性造型，卻是修長體型的中性外貌，因此這種舉止很適合它。

『主人，請教大名。』

意念的聲音傳達給水波與光宣。和一般寄生物的共享意識不太一樣，沒有融合自我。可說是寄生物形式的心電感應吧。

『我是九島光宣。』

『我是櫻井水波。』

光宣與水波也以意念波回答。他們是寄生物。平常大多是實際出聲對話，不過以意念對話比較符合寄生物的存在方式。以心電感應對話也不成問題。

『光宣大人與水波大人是吧。那麼接下來請決定命令的優先順序。』

『優先順序？』

光宣疑惑反問。

『光宣大人與水波大人，要以哪一位的命令為優先，請兩位決定順序。』

『沒有這種順序。』

『不，請以光宣大人的命令為優先。』

水波立刻訂正光宣的回答。

「水波小姐……」

「光宣大人，這樣可以吧？」

光宣原本想反駁，卻在水波再度確認之後閉上嘴。

『——遵命。以光宣大人的命令為第一優先。』

大概是判斷結論已定，女機人就這麼單腳跪地恭敬告知。兩人對此沒有反駁。

『那麼光宣大人，可以請您為我取名嗎？』

『同型機種一般是怎麼稱呼的？』

光宣露出重整內心的表情詢問女機人。

『Mr（馬）Co（可）。』

這具女機人的型號是Multirole combat gynoid T-2100。

「MrCo（馬可）」應該是從型號取的簡稱吧。可是……

「……女性造型的機體叫做『馬可』不太對。」

光宣直接出聲低語，思考片刻。

女機人依然以單腳跪地低著頭的姿勢靜靜等待。因為是機械，所以維持相同姿勢應該不以為苦。以酷似人類的外表展現這種態度，感覺像是體現「忠義」這兩個字。

「……好，叫妳『瑪姬』吧。」

光宣直接出聲說話並不是刻意使然。女機人有語音辨識功能，所以也不會造成什麼不便。

『個體名稱「瑪姬」，屬下拜領了。有什麼事請儘管吩咐。』

『我想把這個設施的管理工作交給妳。』

『可以准許屬下和管理中樞通訊嗎？』

『我准。一邊通訊一邊跟我來，後續我在起居室說明。』

『遵命。』

瑪姬終於站起來了。身高比光宣矮數公分，比水波高十公分以上。如果只看輪廓，與其說是女性更像是高瘦男性。它的站姿搭配面罩的設計，看起來果然也不像女性而是中性。

移動到起居室的光宣與水波坐在沙發上。老實說，喚醒寄生人偶的工作令他們有點累。

『瑪姬，理解這座高千穗的構造了嗎？』

『已掌握。』

寄生人偶總是實話實說。看來瑪姬的情報處理能力水準很高，符合最新型素體的規格。

『兩件工作要交給妳。第一件工作是成為管理中樞的手腳，處理大大小小的問題。家庭自動化的部分不必介入。』

『遵命。』

如果只有這個職責，不需要用到寄生人偶。高千穗原本搭載的維護機器人就足以處理。

『另一件工作是在我們降落地面的時候提供輔助，包括虛擬衛星電梯的運作。』

操作虛擬衛星電梯必須使用魔法。這就是除了高千穗的管理中樞之外，光宣還需要另一名看守的原因。達也也理解這一點，所以贈送寄生人偶的材料給他。

『遵命。』

瑪姬說完之後，上半身精準前傾三十度。

◇　◇　◇

明天是星期三。魔法大學一如往常要上課。從巳燒島這裡趕去上第一節課有困難，原本必須在今晚之內回到東京。然而不只是達也，深雪與莉娜也都沒選擇返家。

不是因為兩人都想蹺課。光宣使用寄生人偶做實驗的時候，高千穗要是發生問題必須有人協助處理。說來可惜，達也無法只憑自己的力量抵達高度六千四百公里的外太空。

事象干涉力本身的相關研究進展至今，達也成功將自己虛擬魔法演算領域輸出威力不足的問題解決到某種程度。即使如此，還是無法達到能夠獨力操控虛擬衛星電梯的水準。

除了深雪與莉娜，也有其他能操控虛擬衛星電梯的魔法師在巳燒島待命。但即使是四葉家內部人員，這次的實驗也盡量不想讓他人介入。為了實現達也的這份任性，深雪與莉娜也決定在巳燒島住一晚。

從虛擬衛星電梯所在的西南區域回到西北區域的住處之後，三人立刻吃完晚餐。

幸好後來沒收到出事的消息。莉娜窩進自己房間，洗完澡之後，只剩下達也與深雪兩人並肩坐在沙發放鬆身心。

擺在矮桌上的不是酒，是有舒眠效果的花草茶。兩人都沒有喝酒的習慣。達也並不是不能喝酒，卻沒有積極想喝酒的慾望。這大概不是因為情感受限，單純是喜好的問題。也可能是深雪酒量不太好所以配合她。

「……記得光宣是明天早上要嘗試降落在美國吧？」

深雪坐在達也左側，以免妨礙拿茶杯的手。她右手放在椅面，左手放在自己右大腿，以扭腰向上看的姿勢向達也發問。

「如果就這麼沒發生什麼狀況，是這樣預定沒錯。」

「結果沒發現任何問題的話，後天會和水波一起前往舊金山……」

「行程是這樣定的。」

「光宣真的很寵水波耶。我好羨慕……」

深雪低頭看著下方。

達也突然將左手伸向深雪肩膀，將她摟過來。

深雪在他的臂彎抬起頭，露出驚訝得發不出聲音的表情。

「深雪，要不要我們兩人一起去旅行？我想想，下個月找個地方吧。」

「……您不是很忙嗎？」

「三天兩夜勉強空得出來。不過大學的課就得蹺掉了。」

深雪喜形於色。

「沒關係！請務必！」

她將身體靠向達也，應該是下意識的行動。

「這樣啊。想去哪裡？」

達也從一開始就完全沒換姿勢，近距離向深雪微笑低聲詢問。

「只要是達也大人帶我去的地方，哪裡都好。」

「那麼，去個涼快一點的地方吧。」

「好的！」

深雪眼神閃亮點頭回應。確認她美麗面容上的哀愁消失，達也摟著深雪肩膀的手放鬆了。

不過深雪沒要離開達也。她嬌羞地將距離靠得更近。

達也以溫暖的雙眼低頭看著深雪。從平常不是和深雪獨處時的達也，無法想像他會露出這麼溫柔甜蜜的眼神。這應該是只有深雪知道的達也眼神。

揚起眼神看著達也的深雪抬起下顎，臉蛋朝上。

深雪仰望的雙眼，和達也俯視的視線相對。

深雪閉上陶醉盈眶的眼眸。

達也的臉緩緩湊向深雪，不久，兩人的嘴唇再也沒有距離。

◇◇◇

隔天早上，光宣降落在舊金山。當地時間是五月二十五日下午五點。

地點是從衛星軌道上確認過四下無人的聖安德烈亞斯湖畔。光宣選擇舊金山半島內陸，國際機場西方狹長湖泊的北岸。

降落的只有光宣一人。帶水波下來之前，還剩下幾個項目必須測試。

『瑪姬，聽得到嗎？』

光宣不是透過通訊機，是以心電感應呼叫高千穗。

『是，光宣大人。聽得很清楚。』

第一關突破。光宣這麼心想。目前已知只要是位於同一個國家的地面，寄生物可以無視於距離進行對話。雖然沒試過以意念和寄生人偶遠距離通話，但是從感覺來看應該和寄生物之間的通訊一樣。

不過，地面和宇宙之間的意念對話完全是未知領域。為了確保高千穗能提供萬全的支援，通訊是必備手段，不過考慮到竊聽風險最好避免使用電波通訊。就算這麼說，若要以可攔式通訊機進行聚焦雷射通訊，雖然不是辦不到卻也很難。如果心電感應接得通是最好的。

幸好意念通話相關的國境概念，在地面與太空之間似乎不適用。毫無問題可以用意念進行對話。明明公海同樣不屬於任何國家，不過地面與宇宙的定義方式看來不同。雖然不知道原因，但事實就是如此吧。光宣以這種想法讓自己接受。

『那麼，拉我上去吧。』

光宣架設反物資與抗輻射的魔法護盾，確保自己周圍的空氣之後如此命令。下一瞬間，他的身影從聖安德烈亞斯湖畔消失。

以光宣的主觀，景色是在一瞬間切換。

眼前是浮在漆黑闇幕的藍色星球。腳下是融入黑暗的巨大人造物。

是地球以及衛星軌道居住設施「高千穗」。

（順利成功了嗎……）

光宣鬆了口氣。刻在高千穗內殼的疑似瞬間移動魔法陣不是由光宣或水波發動，是由寄生人偶瑪姬發動的。對於魔法來說，物理距離不會造成實質的障礙，不過即使以光宣的魔法力，要從地面啟動衛星軌道上的魔法陣也不容易。留守的瑪姬是否能驅動虛擬衛星電梯，是光宣與水波是否能一起降落到地面的關鍵。

光宣被寄生人偶發動的超長程疑似瞬間移動拉昇到高千穗前方，他使用和飛行魔法相同的系統頻繁對自己加減速，在外太空游向氣閘。

[9] 協進會與ＦＥＨＲ（2）

總部設在溫哥華的ＦＥＨＲ，是以合法方式主張保護魔法資質擁有者人權的一個政治團體。ＦＥＨＲ表面上對抗的敵人是會迫害魔法師，像是人類主義團體之類的反魔法主義者，但是領袖蕾娜・費爾認為涉足非法活動的魔法師結社也會成為他們活動的阻礙。

要是魔法師聯合起來犯法，就會給予反魔法主義者迫害魔法師的藉口。現在她最為提高警覺的激進派是舊金山的ＦＡＩＲ。蕾娜派了擁有知覺系特異能力的成員持續監視ＦＡＩＲ。

五月二十六日下午。蕾娜收到一封來自這名監視員的報告書。

「ＦＡＩＲ前往沙斯塔山？到底在打什麼主意……」

蕾娜在據點的代表室看完報告書，疑惑地自言自語。不過大概是立刻覺得自己一個人思考不會有結果，找了平常討論事情的參謀過來。

沒等太久，代表室的門就被敲響。

「請進。」

「打擾了。」

說完開門的是一名四十多歲的女性。在年輕成員眾多的FEHR中算是最年長的女性。名字是夏綠蒂．甘格農。

「夏莉，照慣例想借妳的智慧一用。」

「夏莉」是夏綠蒂的暱稱。

「好的，請儘管吩咐。」

夏綠蒂曾任FBI調查官，擁有律師資格。外型也和經歷相符，容貌與服裝令人感覺一絲不苟，不過柔和的語氣成為對比。

「首先請看這個。」

蕾娜將記載報告書的電子紙遞給夏綠蒂。

夏綠蒂接過終端裝置，朝著放在牆邊的椅子招手。

椅子貼地上浮，來到她身旁落地。夏綠蒂．甘格農不是魔法師，是擁有念動力的超能力者。輸出威力大約比成年男性的平均肌力高一點。雖然方便卻不足以代替兵器。正因如此，所以她沒成為實質徵兵的對象，從FBI卸任時，行動也沒受到高於一般保密義務的過度限制。

夏綠蒂伸手調整椅子方向之後坐在辦公桌前面，檢視報告書。

「沙斯塔山記得是原住民的聖地……是企圖偷挖不為人知的遺跡嗎？」

抬頭的夏綠蒂首先說出這種推測。

「我也想過這個可能性……不過沒人在沙斯塔山發現遺跡吧？」

聽到蕾娜這麼問，夏綠蒂點頭說「是的」，但她的回應還有後續。

「確實沒聽說有人發現遺跡。不過如您所知，那座山據說充滿靈屬性的力量。即使有什麼東西也不奇怪。」

「果然是想取得貴重的魔法物品嗎？」

蕾娜有點不安。只要露出這種表情，肉體年齡原本就遠低於實際年齡的她，看起來愈來愈只像是十幾歲的少女。

「也可能是為了觀測，不過從FAIR的活動傾向來看，我認為很可能是企圖取得立即就能帶來利益的遺物、礦物或植物。」

「如果不是禁止採取或挖掘的東西就好了……」

「洛基・狄恩不會考慮這一點吧。」

夏綠蒂沒有說出臨場安慰的話語。

「蕾娜，除了一般的監視員，我認為應該加派成員前往沙斯塔山。」

夏綠蒂不像其他成員以「Milady」稱呼蕾娜。不只是法律專業知識，這也是蕾娜選擇夏綠蒂擔任參謀的原因之一。

「為了阻止FAIR的非法行為嗎?」

對於蕾娜這個問題，夏綠蒂沒點頭。

「如果有非法行為，就錄下來提報給當局，活用這個機會公開強調我們FEHR的立場和犯罪組織截然不同，讓世人知道魔法師的罪犯和一般人的罪犯一樣，在群體裡屬於例外的存在，這麼做才是上策吧。」

「也就是應該避免戰鬥行為吧?」

「私鬥是犯罪，我覺得絕對要避免。」

「我知道了……那麼，我想派路易過去。」

蕾娜短暫苦惱之後，說出某名成員的名字。

「要派副領袖?可是他的能力偏向戰鬥啊?」

夏綠蒂不是表態反對，而是表明意外感。

「路易經驗豐富，而且我覺得無論FAIR派哪種特異能力者，憑他的魔法都逃得了。」

不過關於人選，蕾娜沒有改變意見。

「如果您是這個意思，我就不反對。不過請您要充分說清楚喔。」

「那當然。」

夏綠蒂在交回電子紙的同時如此叮嚀，蕾娜笑著點頭接過終端裝置。

◇◇◇

ＦＡＩＲ的動向最好也通知遼介一聲。蕾娜這個想法沒有明確根據，是出自直覺的主意。大概是聊到可能有遺跡，出土品可能被當成目標，所以聯想到先前的人造聖遺物偷竊未遂事件吧。

（日本是……上午六點多。這時間遼介應該起床了。）

感覺是剛起床不久的時間，不過要是遼介開始工作，有他人在場就不方便聯絡。蕾娜深深坐在椅子閉上雙眼，讓意識飛向遼介。

遠上遼介的早晨很早開始。只要前一天沒有熬夜太晚睡，他起床的時間不分季節都是上午五點。如果沒下雨就會在早餐前晨跑與練習武術套路，流一身汗之後沖澡。雨天不能晨跑，改為多花時間做伸展操與練習套路，然後同樣沖澡。在沒有特別工作的日子，這是他的例行公事。

大概是梅雨將近，這天從早上就雲層密布，卻沒有下雨。雲層也不是很厚，外頭僅止於陰暗的程度。他一如往常晨跑與練習套路，在六點沖澡完畢。

房間還沒開冷氣。他只穿著短褲，就這麼打赤膊走出浴室，到廚房將冰箱打開來看。此時他忽然察覺背後隱約有股氣息。

遼介不慌不忙，做好萬全準備迅速轉身。

就在他的視線前方，一名年輕女性的身影正要成像。

外表與其說是年輕女性更像是少女。（在遼介的主觀）不能只以美麗來形容的神聖身影，對他來說不可能認不出來。

「Milady。」

遼介對這個人影搭話。突然出現在他房間的人，無疑是本應位於溫哥華的蕾娜·費爾。

『遼介……』

她的視線大概是逐漸對焦，從模糊變得清晰。

『——呀啊啊啊！』

突然響起尖叫聲。遼介無法區別這是耳朵聽到的聲音，還是只在腦中響起的聲音。正確答案是驚愕與害羞的意念在遼介腦中轉譯為尖叫聲，不過蕾娜的「聲音」清楚到完全無法和實際發出的聲音區別。

『對不起！我沒想到你居然在換衣服！』

蕾娜轉身背對。仔細看會發現她穿著鞋子的腳和木地板之間有一點縫隙。遼介見狀終於察覺蕾娜沒有實體。

「Milady，這是幽體脫離嗎？」

『是……是的。這是第一次讓你看見嗎？』

蕾娜以殘留著害羞與慌張的「聲音」回答遼介的問題。大概因為意念直接傳達，遼介清楚知道她還在害臊。

嬌羞的蕾娜可愛又迷人，但是不能讓敬愛的領袖一直處於這種情緒。遼介沒穿內衣就急忙套上襯衫。

「Milady，可以了。」

蕾娜的星幽體戰戰兢兢轉過身來。看到遼介上半身也確實穿著衣服，她明顯露出安心表情。看來沒完全相信我說的話——遼介如此心想，內心卻沒生氣。蕾娜像是少女的這份戒心只令他感到會心一笑。

『抱歉突然打擾。』

星幽體的蕾娜低頭道歉。她這種動作也像是少女般可愛。

「我不在意，但我嚇了一跳。居然可以越過太平洋將星幽體送到這裡，不愧是Milady。」

遼介的誇張稱讚是出自內心。蕾娜明白這一點，所以無法以生氣的方式遮羞。

『我的星幽體無法像是真正的術士那樣自由自在飛翔。無論距離遠近，我只能飛到自己熟悉的場所，或是自己內心相許的對象身邊。』

「這是我的榮幸……！」

遼介的聲音驕傲又充滿喜悅。

『咦？』

蕾娜慢半拍察覺自己這段話可以朝大膽的方向解釋。

『那個，我說的「內心相許」是彼此志同道合的意思……』

不是異性情感的意思。蕾娜原本要接這句話，遼介卻不讓她說完。

「這樣就夠了！」

『咦？』

蕾娜口中發出和前一秒的印象不同，有點脫線的聲音——不過正確來說不是「從口中」，也不是「聲音」。

「我身為志同道合的同志，長存於Milady內心。這是我無上的喜悅！」

但是遼介不以為意，熱情表達喜悅。

『……我前來打擾是想通知一件事。』

蕾娜突然以莫名平淡的語氣開啟話題——大概是跟不上遼介的亢奮心情吧。

「請問是什麼事？」

遼介看起來沒察覺。他的感性沒這麼遲鈍，但是牽扯到蕾娜就判若兩人。

『ＦＡＩＲ有新的行動了。』

「ＦＡＩＲ又要派特務來日本嗎？」
先前ＦＡＩＲ派來的罪犯雙人組將遼介耍得團團轉，對他來說是難堪的回憶。
『不，是在美利堅國內的行動。遼介，你知道沙斯塔山嗎？』
「是加州北部的著名觀光勝地吧。聽說是什麼能量景點。」
『聽說他們派遣組織成員前往那座沙斯塔山。』
「……不是觀光勝地常見的攬客手法，沙斯塔山真的有某些東西嗎？」
遼介擁有的沙斯塔山相關知識，只有觀光導覽網站刊登內容的水準。
『那座山確實是原住民的聖地。我認為有什麼東西都不奇怪。』
「這樣啊。既然Milady這麼說，那就肯定沒錯吧。」
蕾娜知道遼介不是在愚弄她。即使如此，以人類心理來說，看到遼介毫無批判就這麼接受，還是難免忍不住胡思亂想。
『……我來通知你是因為有種預感，覺得ＦＡＩＲ的目的和先前人造聖遺物竊盜未遂事件有某種關連性。』
「Milady的預感嗎……」
這次遼介不是反射性地贊同稱許，而是以嚴肅表情深思。
『遼介？』

「Milady，請問我向司波達也報告這件事也沒關係嗎……？」

『這個嘛……沒關係。因為在日本可能也會有新的行動。』

蕾娜迅速做出決定。

『依照你的判斷，即使提到我的名字也沒關係。』

遼介看向蕾娜的雙眼睜得好大。

「這麼做等於坦承我是ＦＥＨＲ的成員啊？」

『沒關係。』

蕾娜的回答毫無猶豫。

『如果和四葉家相關的傳聞是真的，反正也瞞不了太久吧。』

「……我在這方面有同感。我知道了，謝謝您的許可。」

「有同感」這三個字不是附和，是真心話。遼介早早（以他的主觀來看）就做好表明自己真實身分的心理準備。

『那麼遼介，我先失陪了。』

「好的，Milady。您來訪是我求之不得的喜悅。」

『……遼介你總是太誇張了啦。』

蕾娜就這麼掛著嬌羞表情消失。

這份少女般的青澀使得遼介臉頰放鬆，就這麼暫時沒能收回笑容。

◇ ◇ ◇

蕾娜回去約一小時後。遼介好不容易繃緊臉頰，到魔工院上班。

「遠上先生，你是不是發生了什麼好事？」

不過看來沒能完全回復原狀，認識至今還沒多久的真由美看一眼就指出這點。

「……不，沒事。真要說的話，應該是作了一場好夢吧。」

「這樣啊。」

不過遼介幸好沒被進一步追問。

真由美沒再三詢問，改為輕輕嘆口氣。

「……我才想問，七草小姐是不是發生了什麼事？」

聽到遼介反問，真由美回應「啊，沒事」笑著搖頭。

不過這張笑容明顯是硬擠出來的。

遼介默默注視真由美。

「……最近，我感覺到比以前更多的視線，心情因而沒辦法放鬆……」

真由美敗給視線壓力，不情不願說出自己的煩惱。

「跟蹤狂嗎？」

遼介皺眉以擔心的聲音繼續問。

「並非只有一個人的視線，所以我覺得不是。七草家的我在這裡工作的消息好像傳開了，我想大概是這個緣故吧。」

「說得也是。」

遼介嘴上表示同意。

（如果不只是一個人，那麼也可以猜測是以組織的方式監視七草小姐吧？）

但他在腦中思考另一個可能性。

只不過這時候的遼介沒能深入思考這件事。進入辦公室的人影使他被迫中斷思考。

「常務早安。」

達也突然現身，真由美迅速起身打招呼。

「早安。」

遼介也立刻跟著問好。真由美看起來從容不迫，遼介卻挺慌張的。

達也上次來到魔工院，是隆雷就任學院長的二十二日。他基本上在町田或是巳燒島辦公，很少來到伊豆，不過相隔五天的話沒稀奇到令人驚訝。果然是在今天早上的時間點剛見過蕾娜才令遼介狼狽吧。

「早安。遠上先生，請在十分鐘之後來我辦公室。」

此時達也突然這麼說。

「是。」

遼介回應的時候沒走音，只是一種偶然。

遼介準時在十分鐘後輕敲達也辦公室的門。此外，貼在門上的門牌不是「常務室」，是「理事室」。魔工院不是學校法人，不過對內的稱呼沿用好懂的學校法人名稱。

室內傳來「請進」的回應，遼介打開門。房內除了達也沒有其他人影。

達也從辦公桌後方起身，移動到會客沙發組的上位，然後邀遼介坐在正對面的沙發。

兩人同時坐下。在這個時候，非人型機器人端茶過來了。

機器手臂將茶杯放在桌面之前，達也就拿起自己的份。遼介也照做了。

「遠上先生，這裡的工作習慣了嗎？」

「是的，託您的福，現在熟練多了。」

遼介猜不透達也這麼問的意圖，語氣變得慎重。

「那太好了。不過，抱歉在你好不容易習慣的時候這麼要求，但我想請你暫時離開魔工院的業務負責其他工作。」

聽到達也這段話，遼介首先冒出「要把我打入冷宮嗎？」這個想法。

他已經被烙上「不適任行政工作」的印記。改為負責架設網站之後也沒什麼進度。停擺的原因是網站內容還沒決定，技術性的部分已經完成，但是問到是否能獲得好評，遼介沒有自信。

「……可以請您告知內容嗎？」

遼介裝出鄭重的聲音與語氣，戰戰兢兢詢問。

「是來自魔法人協進會的委託。」

達也說到這裡停頓，注視遼介的眼睛。

困惑在遼介內心擴散。

依照遼介原本的認知，魔法人聯社與魔法人協進會都是由司波達也這個人掌握實權的組織。但是在短短不到一個月的這段期間，他理解到聯社與協進會是除此之外毫無關連的不同組織。

魔法人協進會是和四大國之一——印度波斯聯邦有密切關係的國際組織。自己在該聯邦沒有人脈，也不像達也擁有國際知名度，只不過是在不同組織擔任職員的普通人，為什麼會接到來自聯邦的委託？

究竟打算要我做什麼？

遼介內心的困惑迅速變成不安。

為了消除不安，他想反問具體的委託內容。不過在這之前，達也像是先發制人般回答他的疑問。

「協進會從設立當初就檢討要和其他的魔法人團體合作。首先列入的選項是ＦＥＨＲ。」

遼介拚命想要隱藏內心的慌張。但他唯一成功的是勉強沒發出聲音。

遼介緊繃的臉上浮現焦躁，達也沒指摘這一點。

「ＦＥＨＲ的據點在溫哥華，我想請熟悉當地的遠上先生負責事前交涉。」

「……您說的事前交涉是要做什麼事？」

「探詢商討合作的事宜。如果由這邊準備談判桌，是否可以邀請到對方前來參加？請協助確認ＦＥＨＲ領袖蕾娜·費爾小姐的意願。」

達也以「遼介見得到ＦＥＨＲ領袖」為前提這麼說。看起來從一開始就不考慮遼介吃閉門羹的可能性。

〈看來已經穿幫了……〉

遼介這麼心想。

認命覺得達也已經知道他是ＦＥＨＲ的成員。

「常務，或許您已經知道……」

遼介決定在對方將事實擺在眼前之前，坦承自己是ＦＥＨＲ的成員。雖然下定決心，而且剛才和蕾娜對話時也做好心理準備，卻還是沒能輕易說出口而結巴。

「知道什麼事？」

達也這麼問。

「……我是ＦＥＨＲ的成員。」

遼介終於吐露真相。他因而覺得肩膀變輕許多，大概是他基本上不適合鬥心機吧。

「是嗎？那就好辦事了。」

聽到遼介的坦承，達也看起來略顯驚訝，以知道內情的人會覺得假惺惺的語氣回應。

「這邊會負責辦理出國事宜。麻煩你做好旅行準備。」

「常務，在這之前，有件事想讓您知道。」

雖然不是所謂的一不做二不休，但是遼介甚至想供出原本應該不必說的事情。大概是感覺到心理負擔減輕，陷入一種想說實話的衝動吧。

達也以眼神催促他說下去。

遼介告知蕾娜在今天早上以星幽體造訪房間，也說出她提供的ＦＡＩＲ動向。

關於蕾娜的幽體脫離，怎麼想都覺得是應該保密的底牌。但是這時候的遼介沒注意這麼多。

蕾娜的能力比猜測的還要高強，讓達也稍微嚇了一跳，卻沒表現出好奇的反應。

「……謝謝你提供寶貴的情報。那麼我也告訴你一件事吧。ＦＡＩＲ恐怕也有參與。」

大概是知道蕾娜在意ＦＡＩＲ的動向，遼介前傾專注聆聽。

達也說，有人從糸魚川博物館偷走可能是聖遺物原材料的遺物，推測ＦＡＩＲ有涉案。

達也述說的情報，機密程度其實沒那麼高。除了遺物擁有魔法性質，這件竊案是新聞已經報導的事實，ＦＡＩＲ涉案單純只是推測。重要程度遠低於蕾娜的魔法技能。

不過遼介因為蕾娜的「預感」得到證實而滿足。

「常務，剛才這段話可以轉述給ＦＥＨＲ的領袖嗎？」

「沒問題。」

遼介難掩心急提出的要求，達也爽快地一口答應。

「謝謝您。」

這份情報肯定幫得上蕾娜的忙。遼介如此心想感到喜悅。這時候補充說「這不是什麼很重要的情報」潑他冷水是不識趣的行為。

◇◇◇

和遼介對話之後，達也前往大學。現在還來得及上第三節課，而且除了上課還有事情要辦。

達也以一如往常的要領完成缺席期間的課題之後，在社辦找了文彌與亞夜子過來。社團名稱是「未確認魔法研究會」。

只聽名稱會覺得是認真研究魔法的社團活動，不過實際上是達也占據了實質上停止活動的同好會，同好會的會員是和四葉家掛鉤的學生，社辦成為四葉家在魔法大學的活動據點。

此外，深雪與莉娜雖然沒加入這個同好會，卻頻繁出入社辦。而且沒有任何人對此有意見。亞夜子與文彌也不是會員，但也同樣沒人覺得他們礙事。

「達也先生。失禮了。」

「打擾了，達也先生。」

文彌、亞夜子依序進入達也獨自等待的社辦。這對雙胞胎姊弟一如往常，看起來只像是不同類型的兩名美女。室內沒有其他的同好會成員，因為達也預先下令清場。

如前面所述，這個社團所有會員都是四葉家旗下的魔法師或是接受四葉家援助的學生。沒人不服從達也的指令。如今達也被認定在四葉家的地位僅次於當家。

「抱歉這麼忙還找你們過來。」

「別這麼說，只要達也先生一聲令下……」

「我們赴湯蹈火在所不辭。」

文彌與亞夜子默契十足先後說完這句話，簡直像是事先練習過。雖說是異卵卻令人覺得不愧是雙胞胎的這份默契，在文彌不再抗拒男扮女裝（嚴格來說是不在乎衣著打扮被誤認為女生）之後變得顯著。

「所以，請問有什麼吩咐？」

只不過，說話方式也和服裝一樣有著明確的差異。亞夜子變得從平常就更喜歡使用強調女性特色的遣辭用句，或許是刻意要和文彌有所差別。

「前幾天，可能是聖遺物原材料的遺物在糸魚川失竊，這件事你們知道吧？」

達也問完，文彌與亞夜子一起點頭。

「遠上提供了應該和這件事有關的情報。」

達也以這句話做為開場白，說明蕾娜透過遼介提供的ＦＡＩＲ動向。

「……那個男的，終於承認自己的真正身分了嗎？」

亞夜子輕聲說出的話語明顯不友善。

「亞夜子果然認為遠上是敵人嗎？」

達也不是規勸也不是消遣，以中庸的語氣詢問亞夜子。

「我認為他不是自己人。」

亞夜子的回答沒有猶豫與困惑。

「達也先生打算怎麼對待遠上遼介？」

這個問題來自文彌。

「其實我在思考協進會是否可以和ＦＥＨＲ建立合作關係。」

「不是聯社，而是協進會嗎？」

「如果是協進會，應該可以吧？」

前者是文彌，後者是亞夜子。看來兩人都不反對。

「我想派遠上探詢對方的交涉意願。」

「探詢交涉的意願嗎？不是交涉本身吧？」

「我是要遠上負責邀請對方上談判桌。」

達也朝文彌點頭。

「我覺得很好。如果就這麼把他歸還給ＦＥＨＲ會更好。」

亞夜子以不知道是嘴上說說還是真心嫌棄的語氣贊成。看來她不想改變自己不相信遼介的態度。

◇　◇　◇

「可以相信嗎？」

如此反問的是莉娜。地點在達也與深雪自家的飯廳。達也在吃晚餐時告知「要將遼介派遣到

FEHR」之後，她做出這個反應。

「看來莉娜也始終無法相信遠上啊。」

達也露出苦笑。

「我『也』？」

「亞夜子也堅持立場不相信遠上。」

「是喔……」莉娜輕聲回應，深雪從一旁插嘴。

「比起我們，您先告訴亞夜子嗎？」

雖然不像以前那麼好懂，不過深雪明顯在鬧彆扭。

「亞夜子與文彌收到姨母大人的命令，要調查糸魚川博物館的聖遺物原料失竊事件，必須盡快將可能有關的情報提供給他們。這件事我是順便說的。」

「這和糸魚川的事件有什麼關係嗎？」

深雪頓時轉為正經表情詢問。

從遼介那裡得知的情報，達也也向深雪她們從頭說明。

「你說她讓星幽體從美國飛到日本？蕾娜．費爾是這麼強力的魔法師嗎？」

看來比起FAIR的動向，莉娜更在意這一點。

「應該不是無條件就能越過太平洋。例如必須是自己熟識的對象面前，或許有這種條件吧？

因為比起物理距離，心理上的遠近更容易對魔法造成影響。」

「……理論上應該如你所說，但你這個推測有根據嗎？」

「根據是她派了遠上過來。如果可以自由讓星幽體過來，就不必派人進來刺探。」

「……或許吧。」

看來莉娜暫且接受了。

「ＦＡＩＲ沒放棄取得聖遺物嗎？」

這次是深雪不安發問。

「我想他們沒放棄竊取人造聖遺物。」

「是將目標改成原版聖遺物？」

達也點頭同意深雪的推測。

「說到加利福尼亞州的沙斯塔山，從上個世紀就是俗稱的能量景點，在日本這方面的人們之間也是知名的觀光地點。記得相傳是原住民的聖地吧？」

「……嗯，確實是這樣。」

聽到達也這麼問，莉娜點了點頭。

「那裡或許會有和原版聖遺物功能相同的聖遺物出土。他們是在尋求這種可能性吧。」

「您的意思是說，美國也找得到儲存魔法式的聖遺物嗎？」

深雪以「我沒想過這種事」的語氣詢問達也。

「關於聖遺物的真實來歷，至今沒查出任何根據。雖然只是推測，但我認為或許是史前文明的遺物。」

深雪與莉娜一齊露出吃驚與意外感。

「史前文明？達也，你認為發展魔法技術而滅亡的文明真實存在？」

莉娜以「你當真？」的語氣問。

「目前知道聖遺物不是自然形成的物體，應該和晶陽石一樣是人造物吧。那麼對物質賦予魔法效果並且拿來利用的文明應該存在，這麼想比較合理吧？」

「唔～～……」

莉娜並不是無法接受達也的推測，而是有種消化不良的感覺。

「您的意思是說，不只日本列島，北美大陸也曾經存在這種文明？」

相對的，深雪這個問題是以「達也說的沒錯」為前提。

「世界各地都有晶陽石出土，沒道理認為只有日本特別。」

和先前不同，達也這段話隱含確信。

[10] 潛入USNA(3)

日本時間五月二十八日凌晨兩點。

光宣和水波一起降落在USNA。當地時間是二十七日上午十點。正是開始觀光的好時間。

光宣沒忘記此行的目的是調查FAIR。但他不打算只以此做結。

魔法資質擁有者難以造訪異國的土地。

不過對於光宣與水波來說,踏上祖國的土地更加困難。兩人勉強獲准能登陸(或許應該說降落?)的地方,只有巳燒島上四葉家占有的部分區域。

光宣認為是自己害得水波無法在地上生活。他明白這個想法不是自以為是。所以光宣絕對不想放過能讓水波暢遊地面的機會。

觀光需要的假護照以及使用假護照姓名的信用卡是請達也準備的。光宣想趁著調查順便讓水波享受舊金山這座城市,達也爽快答應他的請求。為了回報這份恩情,光宣打算盡力帶水波玩個痛快。

光宣沒察覺,和水波的這趟約會也令他自己樂不可支。

和前天一樣，光宣從高千穗降落在聖安德烈亞斯湖畔四下無人的場所。和前天的不同點是這次帶了水波。

光宣在這裡叫了無人計程車，目的地是舊金山國際機場。「為什麼是去機場？」考慮到兩人剛來到舊金山，水波詫異這麼問或許是理所當然。

對於這個純真的疑問，光宣這麼回答。

「一般的海外旅行，都是從降落到機場開始吧？」

看來光宣想按照觀光的準則一步步進行。水波笑著附和「說得也是」，是因為光宣這個想法就某方面來說很孩子氣而會心一笑，卻沒理解光宣看她時那雙溫柔眼神的含意。

舊金山妥善保存世界大戰之前的街景。大眾交通工具也保留許多二十一世紀初期的種類至今仍在使用。兩人從機場前往市中心使用的交通工具，也不是小型電車這種少人數分散型的新式交通系統，而是傳統的高速鐵路。

不過，這不表示日本在大眾交通工具這方面比USNA進步。在USNA，無人計程車比小型電車發達，數量比日本多，費用也便宜。

「這樣搭車不只是懷念，還莫名覺得新奇耶。風好舒服。」

水波在纜索鐵路的車上說出這段感想。不習慣人擠人的光宣覺得擁擠的車上不太自在，不過除此之外也和水波有同感。

兩人從機場進入市區之後，首先前往靠海的北部，來舊金山觀光必訪的漁人碼頭。享受逛街樂趣之後已經是中午，兩人在路邊攤買一份招牌的龍蝦堡合吃。光宣與水波都是在吃下龍蝦堡之後才發現自己比想像的還餓。

機會難得就別再買一樣的，改吃別的食物吧。所以兩人前往觀光導覽介紹的知名烘焙坊。

兩人點了蛤蠣巧達濃湯。等待片刻之後端上桌的兩人份餐盤裡，是將酸麵包挖空之後裝入滿到快要溢出來（實際上稍微溢出來了）的蛤蠣巧達濃湯。

「是不是有點多？」

這次不是共享一人份，而是確實點了兩人份，不過分量比想像的多，所以光宣擔心這麼問。

「會嗎？」

水波露出詫異表情反問。

「M……光哥哥，您還好嗎？」

以結果來說，硬撐導致表情有點難受的是光宣。

此外，一開始差點叫出「光宣（Minoru）」連忙改口的「光（Hikaru）」這個名字，是印在假護照上的光宣假名。

不，嚴格來說或許不是假名。光宣這個人公認已經死亡。現在光宣的正式姓名是「櫻島光」。

「美……奈，我沒事。」

而且水波也是已經被認定死亡的人（也可以說她成為寄生物之後，昔日身為人類的她已經死亡），她現在的正式身分是光宣的妹妹「櫻島美奈」。

兄妹設定是妥協的產物。當初達也想以夫妻的設定偽造護照，不過光宣主要以不好意思為理由反對，希望設定為普通的朋友關係。但是如果在法律上沒有親屬關係，在飯店或機場需要和當局辦理手續時恐怕會碰壁。

此外，水波基於習慣問題，比起稱呼為「先生」，她更喜歡稱呼為「哥哥」或「大人」的關係。光宣這邊也一樣，直呼假名不會像直呼本名那麼抗拒。「水波(Minami)」與「美奈(Mina)」。因應將來會成為直呼名字的關係，藉此練習或許也不錯。光宣暗自懷抱這個願望。

基於上述各種隱情，光宣與水波如今對外是兄妹關係。

即使吃太多覺得消化不良，光宣也裝出若無其事的表情看向水波。可惜隱瞞得不算好。不過水波沒有神經大條到指摘這一點。

水波邀光宣說「要不要去看海」。她心想只要走一走應該能減緩胃漲的感覺。

光宣明白水波在關心他。而且不提自己的身體狀況，單獨和喜歡的女孩在異國海邊散步，對於昔日在病床度過大半時間的他來說是迷人的提案。

光宣二話不說接受水波的邀約。

「那就是金門大橋嗎……？不是金色耶。」

看著紅色微偏橘色的吊橋，水波說出的這句感想，肯定是只知其名的遊客常見的誤解。只不過，這個時代的觀光客基本上都會先查過這座橋才造訪舊金山吧。大概是聽到水波的話語，也有年輕女性輕聲發笑。看膚色與五官不像日本人，不過大概是日本民族以外的血統比較濃，剛好聽得懂日語吧。

「橋的名稱據說來自這條海峽的名字『金門』。」

「原來如此。」

只不過，光宣與水波都沒理會這種沒禮貌的人。

「海峽好像是在加州發現金礦不久之前取名的，所以雖然叫做『金門』，卻不是以『黃金通過的海峽』為意義命名。」

「真有趣的巧合。」

「一點都沒錯。命名的弗里蒙特船長該不會有預言的天分吧？」

兩人視野一角看得見尷尬悄悄離去的人影。是剛才嘲笑水波誤解的一群年輕女性。她們剛才故意大聲說「明明是從淘金時代這麼命名的」，光宣聽得很清楚。

「那邊的島是阿爾卡特拉斯嗎？」

另一方面，水波似乎真的完全不在意。真的是「沒放在眼裡」。

「沒錯。要去看看嗎？」

「那裡是著名場所，老實說我有興趣。不過去得了嗎？」

「等我一下……」

光宣以行動終端裝置開始搜尋。

「……戰前可以登陸，不過現在好像只能搭船在島嶼附近繞一圈。據說是因為設施老舊，進去會有危險。」

「既然這樣就沒辦法了。」

「要不要訂遊覽船的船票？雖然沒辦法立刻搭下一班，但或許能搭傍晚的船。」

「說得也是……至少先訂看看吧。」

「知道了。」

光宣在終端裝置開啟的訂票頁面報名預約。

「我報名六點出發的遊覽船。網站說四點左右會通知結果。」

「距離結果公布還有兩個多小時。光哥哥，接下來要做什麼？」

大概是早早就習慣了，水波流利以假名稱呼光宣。

水波沒以真正的名字稱呼，光宣個人覺得有點寂寞。

「我想想……租腳踏車橫渡金門大橋如何？好像有自行車專用道，所以很安全。」

「真好！就這麼做吧！」

不過，水波展露的笑容將光宣內心這種任性的心情吹到九霄雲外。

兩人橫渡金門大橋來到對岸的索薩利托市，在山丘享受絕美景色之後回到舊金山市這邊，搭乘無人計程車前往面對太平洋的貝克海灘，在那裡享受沙灘散步的約會。

沉睡將近三年的光宣與水波不只稱不上是新婚夫妻，實際上甚至剛成為情侶不久。兩人不在乎旁人眼光散發滿滿的幸福感，或許也是在所難免。

有視線從暗處注視著這樣的兩人。不過暗藏的意念與情感不是祝福、憧憬或嫉妒，是屏息從暗處鎖定目標的刺客視線。

「訂到票真是太好了。」

如同水波以愉快聲音所說，兩人順利中籤買到船票。

「說得也是。差不多該過去了。」

時間是下午五點。現在是一年之中日照最長的季節，又是夏令時間（日光節約時間），所以距離天黑還很久。舊金山的日落時間是下午八點多。天還亮的時候就離開沙灘感覺有點可惜，不過難得訂到的船票要是浪費的話更可惜。如此心想的光宣建議水波移動。

水波答應之後，光宣和她一起走向道路，同時以行動終端裝置呼叫無人計程車。顯示的等車時間是五到十分鐘。看來叫車的人比剛才多。或許是因為距離市區有點遠。

五分鐘後，計程車停在路邊等車的兩人前方。不是光宣叫的無人計程車，是現代罕見的有人計程車。

「──帥哥，要搭車嗎？不能讓可愛的女孩在路邊等喔。」

從副駕駛座搭話使用的英語，聽在光宣他們耳裡也不太自然。事前閱讀的觀光導覽提醒過舊金山沒有隨招隨停的計程車。對方恐怕是非法計程車吧。

「我們已經叫了另一輛計程車，所以不搭。」

光宣以強勢態度堅定拒絕，以免讓對方有機可乘。

「喂喂喂，我們是好心這麼說耶？」

副駕駛座的男性說著從車窗探出身子，他右手肘靠在車窗，左手握著左輪手槍，槍口朝向光宣。

「給我上車。」

男性逞凶下令。

不過或許該說理所當然，光宣沒有害怕的樣子。他的軀體具備寄生物的超治癒力，即使中槍受傷也會立刻癒合。不只如此，光宣發動魔法的速度誇稱匹敵超能力者，不可能淒慘中槍。

「光哥哥，是不是哪裡怪怪的？」

不只是光宣沒害怕，水波也有餘力以疑惑態度這麼問。

「喂！以為我是在嚇唬你們嗎？」

男性不悅大喊。

「吵死了。」

光宣以不耐煩的聲音回應男性。

光宣從降落至今一直以「扮裝行列」改變外型。現在的容貌是正常的英俊男性。沒有真實容貌那種異於人類的魄力。

即使如此，光宣依然只以聲音與視線就震懾對方男性。或許可以說身為生物的階級不同吧。其實男性已經被光宣的態度氣到想扣扳機，僵硬的手指卻不聽使喚。男性以意識下令攻擊光宣，卻被內心畏懼光宣的潛意識拒絕。

「看起來不像是完全沒有自己的意志……是受到輕微的暗示嗎？」

光宣自言自語般呢喃。

「是催眠術之類的嗎？」

光宣說得很小聲，但是水波沒聽漏。

「不是單純的催眠術，是使用藥物洗腦嗎……我不太清楚就是了。」

光宣回答水波之後，將視線移回男性。冰冷的目光和剛才看水波的溫柔眼神完全相反。

「喂，我問你。」

聲音也和目光相符，是極為自然地瞧不起對方的聲音。說來神奇，光宣這麼做不會討人厭。即使除去超凡的美貌，光宣也具備王公貴族的「貴公子」風範。

「是誰委託的？」

「……你在……說什麼？」

副駕駛座男性的語氣斷斷續續，是因為呼吸陷入困難所致。不只是階級差異造成的壓力。老實說，光宣使用了持續給予精神打擊的魔法。不只是副駕駛座的男性，還包括駕駛座的男性。不用CAD也同樣能快速、正確地使用魔法，是他化為寄生物得到的能力。

只不過，光宣現在使用的魔法，單純只是施加心理壓力的魔法，沒有控制意識強迫招供的效果。即使對方不是魔法師，效果也只是將施加的壓力強化為數倍。

使用這種消極的魔法當然是有原因的。USNA原本就比日本更嚴格監視魔法的擅自使用。即使身分偽造得很完美，然而光宣與水波本來是不可能位於這裡的人。不，嚴格來說甚至不是人類，所以希望盡量避免行為舉止被警察盯上。

從這一點來看，即使同屬精神干涉系魔法，不改寫「精神」這個事象，單純施加心理壓力的這種魔法，很難被判定是「魔法」。方便在這種狀況使用。

「我再問一次。是誰委託的？」

然而這不是干涉意志強迫招供的魔法，所以直接的效果果然很弱。光宣加強壓力想誘使對方招供。

「不……知道。年輕……情侶借我們這輛車……說只要帶你們過去，車就送給我們……」

「年輕情侶？是什麼樣的傢伙？人種是？眼睛與頭髮顏色呢？身高大約多高？」

光宣進一步逼問。但是沒得到答案。

「昏厥了嗎……」

光宣感到無趣般低語。聽在某些人耳裡或許會覺得「沒人性」，幸好水波是覺得「冷酷」，卻無法保證原因在於「情人眼裡出西施」。

不過水波之所以這麼覺得，肯定是因為後續那一幕留下強烈的印象。

「美奈……！」

光宣差點不是叫她「美奈（Mina）」而是叫成「水波（Minami）」，還好湊巧沒發出最後一個音。

他在大喊的同時將水波拉過來，和自己互換位置。

下一瞬間，隨著模糊的爆炸聲，光宣的右腿噴出鮮血。

在四葉家充分接受槍枝訓練的水波，聽得出小小的爆炸聲是加裝消音器的自動手槍槍聲。

光宣一陣踉蹌，水波連忙要從後方扶他。

但是沒這個必要。光宣立刻踩穩中槍的右腿重新站好。小小的物體隨著血從槍傷位置吐出。子彈從他的軀體排出了。

同時，行駛而過的一輛自動車突然打滑。不是爆胎。這輛車使用免充氣輪胎。輪胎不是爆胎，是脫落。二一〇〇年的現在即使保養不良也幾乎不會發生，只在車輛有缺陷的時候才會發生這種意外。

這次的狀況不是車輛有缺陷。嚴格來說，到頭來甚至不是意外。是光宣的魔法。他在中槍噴血的時候瞬間建構並使出魔法。

底盤和路面摩擦而在路肩停下的自動車車門全部迅速開啟。不是車上的人為了逃離而開門，這也是光宣的魔法。

光宣對水波說聲「別離開我」，走向ＳＵＶ式的自動車。水波也緊跟在他身後。

光宣的腿不再流血，中槍的傷已經癒合。

自動車是以駕駛座朝向光宣他們停止的。駕駛座坐著年輕男性，副駕駛座是年輕女性。男性連滾帶爬般下車，將手槍朝向光宣。槍口沒瞄準的原因大概是車子剛才打滑旋轉，他的知覺還沒回復吧。

男性不顧一切扣下扳機。

他和光宣的距離約三公尺。

子彈在光宣前方一公尺的空中靜止，就這麼落在路面。雖然槍口失準，但水波以防萬一架設的魔法護盾擋下這一槍。

女性也拿著槍。說起來，最初命中光宣腿部的子彈就是她射的。但她大概是看見男性的子彈被護盾擋住而得知開槍沒用，朝著水波與光宣使出魔法。

（這是什麼？身體動不了……？）

光宣感覺身體失去自由。雖然以前沒體驗過，但他認為俗稱的「鬼壓床」應該是這種感覺。

（看來只是全身的動作受到阻礙，不會讓心臟停止跳動……）

光宣判斷女性的魔法只是令人不能動，不會直接危害生命。

（但是，不可原諒……）

女性的魔法不只束縛光宣，也束縛水波。

（居然攻擊水波小姐，罪該萬死！）

人類時代的光宣應該不會因為這種事就懷抱殺機。這種心態變化無疑是成為寄生物的影響。

光宣想伸手指向女性，右手卻不聽使喚，改為只以視線讓意念對焦在女性身上。

下一瞬間——

——女性的身體燃燒了！

女性全身迸出火花，隨即焚燬倒地。

是光宣拿手的魔法「人體發火」。

強迫目標物體排出電子的魔法。被去除電子的物體會喪失結合力，崩解為分子層級。其效果不侷限於人體，也同樣作用於無機物，編寫該魔法的動機是以魔法重現「人體自然發火現象」，因而命名為「人體發火」。

和達也的「分解」相比，表面上的差異在於該魔法會在釋放電子時迸出火花，同時從外側依序崩解，所以看起來像是冒出火焰逐漸燒燬。要是附近有可燃性物體就會因為電子火花而點火，這一點或許也令人產生火焰燃燒的錯覺。

不到十秒，女性就剩下少許灰燼消失。

（……那是什麼？）

看得見某種東西從灰燼……不對，從女性剛才站立的空間飄離。不是物質性的個體，是構造非常複雜的想子情報體。

（使魔……？）

很像是古式魔法師使喚的「使魔」，但是構造非常堅固。昔日吸收周公瑾殘留意念（形容為「亡靈」應該比較好懂）的光宣，對於使魔也瞭如指掌。但是繼承自周公瑾的知識之中也沒有符合的項目。

（很古老……從製作完成開始計算，至少一千年以上……！）

朝向情報次元的意識，被模糊的槍聲拉回現實世界。魔法護盾中彈的衝擊，使得光宣反射性地將「眼」移開情報體。

他連忙將「視線」移回「使魔」，但是想子情報體早已飛走。

光宣盡顯不悅瞪向男性。

「你是……？」

然後，他察覺自己看過這名男性。

「記得叫做布魯諾・利奇？」

深褐色頭髮與同色的眼睛。體毛濃密，說好聽一點是狂野的外貌，和光宣三年前在ＦＡＩＲ洛杉磯據點見到他的時候差不多。

「你果然是九島光宣吧！」

大概是被叫出名字之後，猜測也轉變為確信，以「扮裝行列」改變外型的光宣被利奇猜出真實身分。

光宣背後傳來水波吃驚的氣息。或許她以為光宣的「扮裝行列」不可能被識破。

「這個男的是ＦＡＩＲ的視覺系特異能力者。擁有俗稱的『魔眼』，他的『視力』可以辨別靈子模式。我的『扮裝行列』無法連靈子情報體都偽裝。」

背叛這份信賴令光宣於心不忍，不禁出言辯解。

這段話等於招出自己的真實身分，不過光宣已經除掉利奇的搭檔，如今不想讓他全身而退。

「話說利奇，那些人是你唆使的嗎？」

光宣說完指向身後，依然昏迷的雙人組駕駛的那輛車。

「九島，你這混蛋竟敢將露易莎……」

利奇將終於穩定的槍口瞄準光宣，就這麼破口大罵。露易莎推測是光宣燒燬的女性名字。

不知道是工作上的搭檔，或者私底下也是伴侶。即使只有工作上的關係，看見搭檔突然被燒死，他心情激動也可以說是理所當然。

「那些人是你唆使的吧？」

「…………」

不過光宣加重語氣再度詢問，利奇的氣勢立刻萎縮。和魔法力的強弱無關，利奇完全被光宣震懾，閉口不語或許是他竭盡所能的抵抗。

「我把你的沉默解釋為肯定吧。你原本打算對我們做什麼？」

「…………」

「回答我。」

光宣的聲音強烈響起。

不是提高音量，也不是使用魔法。

是在聲音裡加入「咒力」。

「……原本要帶你們回基地。」

這是從周公瑾亡靈學到的技術。光宣聲音蘊含的強制力，使得利奇違反自身意志招供。

「為了什麼？」

「為了詢問你這個寄生物來到舊金山的目的。」

利奇不是以「惡魔」，而是以「寄生物」稱呼光宣。ＦＡＩＲ正確知道寄生物的情報。

「詢問？這手法也太粗魯了。應該是『拷問』才對吧？」

光宣發出傻眼的聲音。大概是這股情感波動導致咒力放鬆束縛吧。

「我要為露易莎報仇！死吧，九島！」

利奇扣下手槍扳機。這次的子彈賦予了「強化貫穿力」的魔法。

但是這一槍也被水波的魔法護盾輕易擋下，悲哀掉在路面。水波的魔法技能在她化為寄生物之後，主要在持續性的層面大幅提升。現在的水波無須特別勉強就能維持魔法護盾一小時以上。

大概察覺護盾是水波的魔法，利奇沒持槍的左手朝她伸直，沒進行任何操作就展開啟動式。

大概是使用完全思考操作型ＣＡＤ吧。

但是利奇的魔法沒發動。啟動式在他讀取之前就被破壞。

「——沒有從露易莎這個女人的末路學到教訓嗎？」

光宣口中發出令人毛骨悚然的聲音。

布魯諾·利奇事到如今才察覺自己的過錯，領悟到自己親手簽下自己的死刑執行命令書。

死刑判決或許早已定讞。但是還沒決定行刑日期。或許好幾年都沒執行，甚至可能就這麼被人遺忘。

然而他親手摘除這個渺茫的希望了。

利奇在發自本能的恐懼驅使之下背對光宣，想要逃離死神的鐮刀。

然而在布魯諾·利奇踏出逃命第一步的同時……

他的身體迸出火花，眨眼之間焚燬倒地。

光宣取消無人計程車，以「扮裝行列」將自己的外型變成布魯諾·利奇，將水波外型變成利奇的女性搭檔。然後將昏迷至今扔在一旁的兩名男性叫醒，由他們開車返回漁人碼頭。

依照約定將自動車送給他們並且道別之後，兩人回復為原本的外型，光宣將中槍破洞的褲子買新的換掉，順便也送衣服與飾品給水波。兩人就這麼若無其事享受舊金山灣岸的船旅，甚至直到吃完晚餐才在當地時間深夜回到高千穗。

◇◇◇

回到高千穗的光宣入浴並且小睡之後，在日本時間二十八日的晚間七點五十分打開和巳燒島通訊的線路。

達也已經回到調布四葉家東京總部大樓頂樓的自家，不過東京總部和巳燒島分部以專用線路連接。光宣利用這條線路和達也接上線。

『光宣，舊金山怎麼樣？』

『和水波約會回來了吧？』

在光宣前方高千穗螢幕出現的不只是達也，深雪也一起入鏡。光宣見狀將水波叫來鏡頭前。水波與深雪進行一整套舊金山觀光相關的問答之後，光宣向達也報告今天和ＦＡＩＲ成員交戰的事件。

『……知道那名女性使用的魔法種類嗎？』

光宣對達也的問題搖了搖頭。

「是我不知道的魔法。至少應該不屬於四大系統八大類的現代魔法。可能是ＢＳ魔法或是妖術。不，對方是女性，或許應該稱為『魔女術』。」

『妖術師或是魔女嗎？暫時假設是魔女吧，從她灰燼出現的想子情報體確實是使魔嗎？』

對於達也這個問題，光宣搖頭回答「不」。

「……很像使魔，但我認為是另一種東西。」

『你覺得哪裡像？』

「這個嘛，雖然並不是看得很清楚……」

光宣說到這裡稍微思考。

「……那具情報體，感覺好像加入支援魔法式建構的機能。」

他如此述說推測的結果。

『支援魔法式的建構嗎……光宣，你認為那具想子情報體是魔女使喚的？是否想過不是受到魔女使喚，而是依附在魔女身上？』

「你說的依附是……如同寄生物那樣嗎？」

聽到達也的想法，光宣稍微睜大雙眼反問。

『宿主死亡之後，魔法性質的情報體脫離。雖然有想子情報體與靈子情報體的差異，但我認為和寄生物的行動模式很像。』

光宣沒立刻回答，思索十秒左右。

「……很難說。確實有這個可能性，不過參考材料還太少，不足以做出結論吧？」

『也對。你說的沒錯。』

達也點點頭，改變話題。

『光宣，你除掉的ＦＡＩＲ成員，有沒有可能將你們的事情告訴同夥？』

「很難說不可能。直到他們襲擊，我都沒察覺受到監視。恐怕也可能被拍照了。」

『你當時使用「扮裝行列」改變外型，不能說你掉以輕心。不過必須重新製作護照吧。我會在明天做好準備，所以你和水波可以在後天早上降落在巳燒島嗎？我也會一大早趕過去。』

「好的。不好意思，勞煩你了。」

光宣慎重低頭表示謝意。

水波也在他身旁照做。

『那麼……這樣吧，我早上六點去等你們。』

「知道了。我們六點降落。」

光宣約好後天見面之後結束通訊。

◇　◇　◇

五月三十日星期日。巳燒島早上六點。

達也依照約定，在虛擬衛星電梯的魔法陣旁邊等待。

兩個人影彷彿突然從空中冒出來，出現在他的面前。

「達也早安。」

「早安，達也大人。」

光宣與水波這次是以自身力量發動疑似瞬間移動的魔法來到達也這裡。達也打招呼回應，帶兩人搭乘停在一旁的飛行車。

深雪在島嶼西北部的四葉家巳燒島分部等待。今天是星期日，大學休假。達也不是在昨天，而是在今天邀請光宣他們過來，或許是因為深雪想見光宣與水波。

此外莉娜留在東京。她說偶爾想獨自悠哉一下，真心話應該是不想一個人混入兩對情侶之間吧。

水波遭受深雪的發問攻勢，一旁的達也向光宣說明先前從FEHR取得的FAIR動向。

「……那麼達也，你認為FAIR想在沙斯塔山挖掘聖遺物？」

對於光宣的問題，達也輕聲說「沒錯」點點頭。

「對於魔法師戰鬥員來說，儲存魔法式的聖遺物擁有高度價值，應該不必對你說明吧？」

「嗯，我明白。」

這次是光宣點頭回應達也的話語。

「無論ＦＡＩＲ的最終目的是什麼，既然不惜積極動用暴力手段，我不認為他們會放棄取得聖遺物。無法獲得人造聖遺物就會想獲得原始聖遺物，這麼想比較自然。」

「確實沒錯。」

光宣再度點頭之後說下去。

「可是，即使順利發現聖遺物，如果要當成武器使用，只有一兩個應該派不上用場。複製技術依然不可或缺吧？」

光宣提出這個疑問。

「挖掘到原版的乘鞍岳也埋藏聖遺物精製的祕密。沙斯塔山未必沒有相同的祕密，也沒理由斷定ＦＡＩＲ沒人擁有和我一樣的技術。」

達也如此回答。

「那麼，原版也可以製作出來嗎？」

「這是肯定的。」

「換句話說……史前時代存在著某種文明，能製作擁有魔法效果的道具加以利用？」

光宣只以這些情報就得出和達也相同的結論。

這天，光宣與水波在巳燒島待到晚上快八點。

「這是新護照。我還另外準備國際駕照方便租車。當然和護照使用相同的3D模組。詳細的資料在這裡面。」

送兩人來到虛擬衛星電梯的達也這麼說完，將護照、國際駕照與卡片型儲存裝置交給光宣。

「知道了。我會當成『扮裝行列』的參考。」

光宣將收到的物品確實收進斜背包。

「那麼光宣，拜託了。」

「請交給我吧。我一定會查出FAIR的目的給你看。」

「我很期待。但是別逞強啊。你也不是不死之身。要是你發生什麼三長兩短會有女性哭泣，你要好好記住這一點，充分注意安全。」

聽到達也這麼說，光宣看向旁邊。水波承受光宣反射性投過來的視線，就這麼和他四目相對點點頭。

光宣也點頭回應水波。

然後重新面向達也。

「我也要說同樣的話語回應你。」

「我知道。我一樣不是不死之身，而且絕對不會讓深雪孤單一人。」

達也一臉正經如此回應。

光宣也沒害羞臉紅。不只是他，也看不出深雪與水波做出嬌羞反應，反倒是以嚴肅表情承受達也這段話。

水波維持這張表情，從光宣身旁前進半步。

「達也大人、深雪大人，今天受兩位照顧了。」

水波說著稍微放鬆表情，朝深雪與達也恭敬鞠躬。

「隨時都可以再來喔。歡迎你們。」

深雪露出發自內心的笑容回應。

「好的，謝謝。」

水波再度鞠躬。

接著光宣與水波立刻走向虛擬衛星電梯的中央。

停下來朝達也與深雪揮手的兩人身影，瞬間從達也他們前方消失，飛上宇宙。

[11] 聖遺物爭奪戰（3）

達也與深雪在巳燒島款待光宣與水波的五月三十日上午，放假待在員工宿舍的遼介，迎接一名叫做「深見快宥」的青年來訪。他自報全名之後向遼介說「我是第二研的失數家系」。

「所以，請問您找我有什麼事？」

不能在有他人耳目的場所提到失數家系的話題。遼介在自己房間詢問自稱深見的這名男性。獨居的員工宿舍沒有會客桌椅這種貼心的家具。兩人隔著窄小的飯桌面對面。

「恕我明知失禮還是請問一個問題。遠上先生是『十』的失數家系吧？」

「沒錯，不過你這麼問確實失禮。」

回答的遼介刻意沒隱藏不悅心情。「失數家系」對於日本魔法師而言是一種禁忌。是以非人道形式開發魔法師的證據。遼介自己沒遭受這種處置，直接受害的是他父親與爺爺。但即使沒有直接受害，依然受到間接的負面影響。聽對方提到這件事，內心不可能保持愉快。

「不好意思。」

深見立刻道歉。軟弱的態度和他斯文不可靠的外表相符。也可能是生性過於在意對方反應。

擁有虐待嗜好的人或許會想欺負他這種類型，但遼介反而覺得同情不再凶他。

「所以？」

只不過，他也無法阻止自己對深見採取不尊重的態度。

「遠上先生滿足於現在的生活嗎？」

「你說什麼？」

遼介聽不懂這個問題的意思，忍不住反問。

「遠上先生現在服務於四葉家創設的魔法人聯社。和七草家的大小姐共事。」

「……這有什麼問題嗎？」

「四葉家與七草家是十師族的核心，聽命於昔日認定我們不成材而拋棄的那些傢伙。被這種人利用，你感到滿足嗎？」

遼介後悔讓深見進入房間了。聽到深見的說法，他徹底傻眼到甚至懶得反駁。

十師族不是站在驅逐失數家系的那一邊。他們同樣是在國防名義之下，在魔法師開發研究所備受折磨的人們或是其子孫。

或許他們是合格的那一邊沒錯。不過這是他們自己希望的嗎？認識蕾娜之後，遼介變得會思考這種問題。

不同於普通人，擁有突變基因的蕾娜老得很慢。明明即將三十歲，她的身體依然是青少女。

不是故做年輕、娃娃臉或是靠著保養維持青春，是在細胞層級常保青春。

任何人都羨慕她青春不老。大部分的人都是這麼說吧。

然而真是如此嗎？

就遼介所知，蕾娜身邊沒有相同體質的人。也沒聽她說認識這種人。

無法和別人以同樣的速度成長。和別人的人生速度不一樣。

只有她一個人逐漸被留下。

遼介不認為這是值得羨慕的恩惠。

回頭看十師族又如何？

他們確實被讚揚為成功案例。

受到掌權者重用至今——更正，「利用」至今。

當成工具利用。

離開日本獲得從外部觀看的視角之後，遼介得以察覺這一點。至少他自己這麼認為。

深見這番話令遼介想起昔日看事情陷入片面視角的自己，內心不是滋味。

所以對於深見的這個問題……

「多管閒事。」

——遼介這麼回答。

聽完遼介沒有著力點的這句回答，深見很乾脆地離開了。
他到底是來做什麼的？其實他想說什麼？遼介到頭來無從得知。

◇◇◇

從糸魚川博物館竊取古墳時代遺物的歹徒，推測是名為「進人類戰線」的魔法至上主義激進派。覬覦人造聖遺物而入侵巳燒島恆星爐設施與ＦＬＴ研究所的魔法師罪犯隸屬的ＦＡＩＲ，推測是這個團體的盟友。

在五月二十日的時間點做出這個結論的四葉家當家四葉真夜，命令家族裡負責諜報的分家黑羽家深入調查這件事。

五月三十日晚上九點。從巳燒島回到調布四葉家東京總部大樓頂樓自家的達也有訪客。是四葉分家黑羽家的下任當家黑羽文彌。

「抱歉這麼晚前來打擾。」

「不，沒關係。應該是不能在電話裡談妥的事吧。」

在玄關抱著歉意低頭，看起來只像是短髮中性美女，小達也一歲的這個從表弟，達也笑著邀他入內。

跟在達也身後的文彌臉頰泛紅，肯定是因為在不合常理的時間拜訪令他不好意思……絕對沒有什麼奇怪的意味。

「文彌，歡迎你來。」

文彌被帶到起居室，深雪從飯廳現身向他打招呼。

「嗨，文彌。你今天也好可愛。」

然後莉娜從深雪背後出現，朝文彌輕輕舉起手。

「深雪小姐，打擾了。莉娜也在啊。」

文彌對深雪使用恭敬語氣，對莉娜則是以一如往常的隨和語氣問候。

達也與文彌面對面坐下，深雪在兩人面前擺了咖啡杯。沒有糖與牛奶。雖然和外表不符，不過文彌習慣喝黑咖啡。但與其說這是原本的嗜好，不如說是模仿達也的結果。

莉娜接在深雪後面，在兩人中間擺了一個大碗，裡面是各式各樣一口大小的餅乾。只有文彌面前擺了一個裝果醬的小盤子。文彌很喜歡吃甜的點心，這部分和他給人的印象相符。

「這是今天中午烤的。請慢用。」

聽到莉娜這麼說，文彌稍微睜大雙眼。

「哇，這是莉娜烤的啊。我吃吃看。」

他說著拿起一塊餅乾，沒沾果醬就咬下去。

「真意外……滿好吃的。」

「等一下！我很高興聽你誇獎，不過『意外』這兩個字是多餘的。」

「沒燙傷嗎？」

「沒有啦！你把我當成什麼人了？」

「當成什麼人嗎……不，我還是別說吧。」

「這是什麼意思？」

「莉娜，我們走吧。不可以妨礙達也大人和文彌談事情。」

深雪安撫激動的莉娜。

「不，我想兩位也一起聽比較好。」

不過文彌反而留住深雪她們。

「達也先生，可以嗎？」

然後他徵求達也的許可。

「你這麼認為的話，我不介意。」

「既然達也大人這麼說……」

聽到這句回答，深雪坐在達也身旁。

「那麼，我也去準備深雪與我的份。深雪也要咖啡嗎？要加什麼？」

「謝謝。麻煩只加牛奶就好。」

「Ｏｋａｙ。」

莉娜回到飯廳泡兩人份的咖啡。

莉娜不是使用家庭自動化系統，而是自己去拿飲料。在她回來之前，達也與文彌以閒聊消磨時間。

「哎呀，你們在等我？」

莉娜說著將杯子放在矮桌，坐在文彌身旁。距離意外地近，文彌只在瞬間以視線確認自己和莉娜的距離，稍微糾結是否應該再離開一點。

不過最後他沒動，就這麼進入正題。

「進人類戰線與ＦＡＩＲ的關係，不是我們當初猜想的主從關係或是宗教思想上的連結，好像是商業合作的關係。」

「也就是有金錢往來？」

「未必是金錢就是了。」

文彌半肯定莉娜的疑問。

「也會提供武器嗎？」

「該說是提供嗎……算是報酬。」

文彌笑著肯定達也的問題。

「進人類戰線完成ＦＡＩＲ的委託之後，經由中國黑幫獲得武器做為代價。」

「ＦＡＩＲ有走私武器到日本的管道？」

這個問題來自深雪。

「好像是。」

文彌以嚴肅表情點頭。

「推測是不同於周公瑾，由大漢餘黨建立的網路。」

「這麼說來光宣說過，ＦＡＩＲ原本是顧傑組織的團體。」

「九島光宣嗎？」

文彌曾經和光宣敵對，所以他的語氣當然不友善。

「聽說光宣在某段時期藏匿在當時位於洛杉磯的ＦＡＩＲ祕密基地。」

「是從這段原委得到的情報嗎……」

文彌露出「那就可以接受了」的表情。不提魔法技能，若是純粹的情報收集技術不如光宣，對於文彌來說似乎難以承認。

「除此之外還查到什麼嗎？比方說進人類戰線當前的目的。」

達也回到正題。

「啊，是的。進人類戰線確實從ＦＡＩＲ那裡接到新的工作，只是內容還沒查明。不過好像和原版聖遺物有關。」

「應該是想從原版聖遺物出土的遺跡竊取吧。」

達也像是預先備好般流利說出這句推理。

「如我上次所說，ＦＡＩＲ派遣調查隊前往加州北部的沙斯塔山。」

「是的，我記得。當時說到他們的目的，可能是要挖掘和達也先生所製作『儲魔具』相同功能的聖遺物……您認為他們也想在日本做一樣的事嗎？」

「ＦＡＩＲ的目的，恐怕是使用擁有魔法式儲存功能的聖遺物開發魔法兵器。但我不知道他們是要用這些兵器在美國南部打造自己統治的區域，還是企圖藉由誇示武力爭取利益。」

「達也大人。到頭來，這種做法不就是將魔法師當成兵器使用嗎？」

「是啊。」

達也同意深雪的指摘。

「不可原諒……明明達也大人好不容易開拓新道路，讓魔法師擺脫成為兵器的境遇，卻有人想將這份知識用在歧途，害得達也大人的志向化為烏有……」

深雪以沉靜的語氣呢喃。

「深雪，克制一點。寒氣差點顯現出來了。」

「哎呀，對不起。」

三年前，達也在最艱困的處境裡解放了封印的真正能力。同時，深雪用在封印的魔法控制力也回到她的身上。

在那之後，她的魔法技能就鮮少失控，但是過於強大的這份魔法力，至今依然會因為她情緒激動而脫離意念的控制，跳過正規程序試著改寫現實。

以前是由達也負責阻止，不過現在莉娜也負起阻止的職責——她和達也的差異，在於有時候也會改由深雪阻止莉娜失控。

「進人類戰線的下一個目標，應該可以認定是乘鞍岳的聖遺物挖掘現場。」

「可是那裡不是由軍方戒備嗎？」

文彌試著整理結論，但是莉娜提出疑問。

「比起從中央的研究所竊取，這麼做比較實際。」

「說得也是。」

不過聽完深雪的反駁，莉娜收回異議。

「那就在挖掘現場部署人員吧。我也會去監視。」

「慢著，文彌。這不是好方法。」

達也制止了展現幹勁的文彌。

「糸魚川的事件，一条家正在採取行動。要避免被人認為四葉家介入。」

「但我不會冒失被人發現啊……？」

「這方面我相信你。但是與其保護挖掘現場不發生竊案，我更想請你在遺物失竊的時候追蹤並逮捕犯人。」

「由我們抓竊賊是吧。抓到之後有什麼用途嗎？」

「我不希望老是被對方先下手為強，所以想問出ＦＡＩＲ相關的情報。」

「知道了。我會儘可能搾取所有情報。」

文彌露出「壞女人」的笑容。

雖然是以國防軍與一条家被對方得逞為前提討論事宜，不過關於這一點，達也、深雪與莉娜都沒多說什麼。

◇　◇　◇

五月三十一日。難得從星期一就來大學的達也，在午休時間巧遇將輝。

達也身旁是深雪與莉娜。將輝除了吉祥寺還帶著幾名女學生。看來不是要在學校餐廳，而是正要到校外用餐。

或許其中有將輝中意的對象，不過達也毫不顧慮說出「一条」叫他。

「司波。」

這句回應是對達也說的，將輝視線卻被深雪吸引。然而他的雙眼悲傷蒙上陰影，在下一瞬間重新看向達也。

「有什麼事嗎？」

「糸魚川那件事，我想和你談談。」

將輝眉頭深鎖。

將輝身旁的女學生聽到「糸魚川」也稍微睜大雙眼。看來她知道某種程度的隱情，不愧是待在將輝身旁的人物。

「各位，一条先生好像有重要的事情要和司波先生談，我們先走吧？」

看來這名女學生在將輝的跟班們之中也位居領導地位，眾人稍微發出不滿的聲音，隨後只有將輝與吉祥寺留在原地。

「抱歉了。剛才那位記得是你的表妹，一色家的親戚？晚點幫我向她道歉。」

「是從表妹。不必在意。那孩子也知道十師族與師補十八家的職責。」

將輝板起臉回應達也的這句話，聽起來沒什麼歉意。

「這樣啊，那就跟我來吧。」

「一条先生，雖然會有所耽誤，但是要勞煩你跑一趟了。」

「樂意之至。」

朝達也板起臉的將輝，在深雪搭話瞬間就漂亮轉變為爽朗的笑容。

將輝身旁的吉祥寺按著額頭發出無聲的嘆息。

達也、深雪、將輝依序踏出腳步。

跟在後方的莉娜投以「你也很辛苦耶」的視線，吉祥寺深有同感點頭回應。

達也帶將輝來到學校餐廳。這裡當然也有其他學生。

不過達也把午餐托盤放在空位之後，坐在周圍的學生們立刻主動離席。已經吃完飯的人將托盤端到回收區，還在吃的學生也間隔一張餐桌以上的距離重新坐下。

當然不是達也強制的，也不是將輝強制的。肯定是他們的意識裡響起警報聲，認為「要是聽到不必知道的事情會被波及」。

深雪與莉娜去拿飲料。將輝與吉祥寺感到惶恐，但不會搞錯事情的優先順序。兩人並肩坐在

達也的正對面。

達也架設隔音結界。雖然看不見啟動式展開，不過將輝他們更驚訝於結界的強度。

「司波……你什麼時候擁有這種魔法力……？」

將輝他們認識的達也，發動魔法的速度確實無人能及，然而除了特定種類的魔法，肯定無法發揮多大的威力——但因為特定魔法的威力過於強大，所以察覺這一點的魔法相關人士不多。

但是達也剛才使用的隔音力場魔法，不輸給將輝使用相同魔法所發揮的強度。

威力不足是戰勝達也的少數切入點。目睹達也克服這個缺點，將輝不得不提高警覺。而且吉祥寺受到的打擊比將輝還要強烈。

「不久之後，我預定以論文形式發表。不過當然不會全部說清楚就是了。」

達也暗示其中隱藏了正常訓練以外的祕密訣竅。不用說，追問別人的魔法技能是違反魔法師禮節的行為。將輝與吉祥寺目前也只能就此滿足。

只不過即使當場說明，將輝應該也聽不懂吧。連吉祥寺也不一定只用聽的就能理解。達也查明事象干涉力的真面目是靈子波。這一點已經在魔法學界發表。

依照至今的常識，魔法式與事象干涉力是不可分的，無法單獨取出其中一種。只讓事象干涉力產生作用的「領域干涉」，也要搭配「不改寫事象」這個定義的魔法式才能發揮干涉力。

不過達也在研究事象干涉力的過程中，發現了只從自己體內取出干涉力加以鍛鍊的方法。不只如此，還發明了從魔法式分離出事象干涉力，使兩者各自產生作用的技術。

在已經發動的魔法追加事象干涉力。達也因為後天人工植入虛擬魔法演算領域導致威力不足的缺點，藉由這個技術成功克服到某種程度。雖然比不上超一流魔法師使用的魔法，但是達也如今可以自由使用實戰等級的魔法。

「不提這個，先進入正題吧。」

「啊，啊啊。」

將輝的聲音還沒完全擺脫驚愕，但還是勉強出聲同意。

此時深雪與莉娜回來了。

達也、將輝與吉祥寺各自謝謝她們端茶過來，繼續進行話題。

「那個事件和聖遺物有關。」

聽到達也這句話，將輝點頭回應。

「因為這層關係，所以我這邊也收到情報。竊賊下個目標恐怕是原版聖遺物的挖掘現場。」

「……想從那裡偷挖原版？」

「沒錯。」達也點頭回應將輝的問題。

「司波，知道原版的挖掘地點在哪裡嗎？」

考慮到將輝父親以一条家當家的身分交付他這個一条家魔法師的任務，將輝會這麼問是理所當然。

「我只能透露是在乘鞍岳的山麓。說得更詳細會抵觸國防軍與ＦＬＴ互訂的保密義務。」

國防軍確實隱匿了原版聖遺物的挖掘現場，但是沒告訴ＦＬＴ。這份情報是達也以自己的人脈做交易取得的。

所以他說的保密義務也是謊言，然而國防軍反過來得知情報來源是達也的話也不太妙。對於達也來說，將輝還不是能夠這麼無條件信任的對象。

「這樣啊……」

對於達也不親切的回答，將輝散發不滿的心情。

「只要知道這些就夠了。將輝，之後我們自己調查吧。」

吉祥寺安撫、激勵這樣的將輝。

接下來的時間，眾人一邊吃午餐，一邊和普通的魔法大學學生一樣閒聊。

對於總是沒機會和深雪好好交談的將輝來說，即使達也也在場，依然是難得快樂無比的午餐時光。

◇　◇　◇

隔天，將輝向大學請假回到家鄉。

先回老家一趟，然後前往國防軍舞鶴基地。

老家距離小松基地比較近，不過舞鶴基地部署了日本海這一側最大規模的魔法師海軍部隊。

將輝擅長的魔法會在海戰發揮真正價值。從魔法特性來看，他適合成為海軍。因此比起空軍的小松基地，將輝在舞鶴基地獲得更大的善意與共鳴。

不只是這種情感層面的問題。將輝是日本第二個國家公認戰略級魔法師。如果新蘇聯或大亞聯盟從海面攻打日本（而且這絕對不是杞人憂天），將輝的協助不可或缺。舞鶴基地司令官基於立場，只要是將輝的要求，即使有點勉強也必須睜隻眼閉隻眼。

「——魔法式儲存用聖遺物出土的地點嗎？」

「是的，司令官閣下。我想請教國防軍保密的原版聖遺物挖掘現場。」

「一条先生，請您姑且告知為什麼需要這個情報。」

司令官立刻反問理由。聽起來不像是不方便回答。如他自己所說的「姑且」兩字，感覺只是暫且確認一下。

「因為魔法師的犯罪組織企圖取得聖遺物。比起戒備極為森嚴的東京兵器研究所，推測對方傾向於鎖定挖掘現場。」

「原來如此，那邊應該比較疏於戒備吧。」

司令官大幅點頭。他隱含侮辱的語氣透露了對於陸軍的競爭心態。

「請稍待。」

司令官拿起一旁的話筒抵在耳際，下令盡快查出陸軍祕密戒備的聖遺物挖掘現場。

一邊閒聊一邊等待約十五分鐘後，副官拿來一張紙條。

司令官面不改色看完紙條之後，說聲「請收下」遞給將輝。

「……可以嗎？」

將輝沒有遲鈍到不知道上面寫了什麼。挖掘聖遺物的正確場所肯定是軍方機密。口頭告知就算了，收下實體的紙條沒問題嗎？將輝感到猶豫。

「這是陸軍單純用為訓練營的地址。」

原來如此，是當成這麼回事嗎——將輝心想。

「這樣啊，那我感恩收下了。」

「別這麼說。國家公認戰略級魔法師要去激勵訓練中的官兵，這邊當然要提供協助。」

看來在司令官這邊，表面上是這麼說的。

◇◇◇

當天夜晚，將輝和一条家的部下一起前往飛驒高山。為了避免顯眼而分成數個小組偽裝成遊客行動。留在東京的吉祥寺也比將輝他們晚一步抵達當地。

「——所以，今晚要怎麼做？」

雖然會合了，但吉祥寺沒聽過接下來的計畫。他一見到將輝就先這麼問。

「我派兩人去監視挖掘現場，一有動靜肯定會聯絡。」

「兩人……雖然感覺很少，不過考量到我們的陣容就不得已了。」

聽到將輝的回答，吉祥寺短暫歪過腦袋，然後認定是在所難免而接受。

「必須設計好輪值的班表。要是正式行動的時候因為睡眠不足派不上用場可不是開玩笑的，我想避免這種事態。」

「畢竟可能會變成長期戰啊。」

將輝與吉祥寺打算最多在這裡駐守兩週。如果歹徒沒來，預定只留下監視人員就撤退。不過幸好不需要等這麼久。

將輝他們駐守在飛驒高山的第二天夜晚，事件發生了。

「——知道了，我們立刻過去。」

將輝按下耳麥（行動情報終端裝置的語音通訊元件）的按鍵關閉通訊。此外耳麥就這麼戴在耳朵上。

「是監視員回報嗎？」

「沒錯。企圖入侵的歹徒好像被警備隊擊退了。看來國防軍也不是輕易容許竊案發生的稻草人。」

「這樣啊。但是還不能放心吧？」

「嗯。被發現的歹徒未必不是聲東擊西。喬治，我們也立刻趕往現場吧。」

「那當然，將輝。」

——這段對話是在十分鐘前進行。抵達聖遺物挖掘現場的將輝等人，目擊一場低調卻激烈的游擊戰爆發。

「剛開始擊退的那些人，看來果然是誘餌！」

「我去和警備隊說一聲。在我指示之前按兵不動！」

「啊，我也去吧。」

將輝留下部下，只在吉祥寺的陪伴之下跑向警備隊。

幸好警備隊的負責人認識將輝。國家公認戰略級魔法師這個頭銜就是這麼打響他的名聲。多虧如此，將輝想要支援警備隊的要求被對方欣然接受。

一条家的部隊共三十人。相當於一個小隊的這個集團，在將輝的指示之下分成三人一組。

如前面所述，敵人已經發動游擊戰。對方的目的是竊取原版聖遺物。用不著搶奪軍方保管的聖遺物。這裡還有好幾個正在挖掘的洞穴，聖遺物即將出土的場所其實也不只一兩個。要是歹徒之中存在著探測能力優於國防軍研究員的知覺系能力者，恐怕會有尚未發現的聖遺物被拿走。

由於不能忽略這種可能性，所以必須將入侵這一帶的歹徒全部驅離。現狀比起逮捕必須以擊退為優先。

感覺歹徒的總人數沒那麼多，但對方也是五人左右分成一組，而且這邊一接近就立刻逃走，因此不確定全體人數。

剛才也只差一步卻被歹徒逃走的將輝，收到國防軍的無線電通知。不，這不是只針對將輝，是對警備隊各組負責人發送的通訊。

「將輝，歹徒好像正在北邊挖掘地面！」

代為保管無線通訊機的吉祥寺大聲將內容告訴將輝。

「北邊？入侵得這麼深入了嗎？到底是從哪裡？」

進人類戰線（將輝還不知道這個名稱）之中，有人是被盤踞在這個地區的古式魔法師祕密集團逐出師門。這個集團相傳有一條祕密通道經過挖掘現場的後方，但是國防軍沒掌握這條通道。

將輝當然也不知道這條通道。但他直覺判定「那裡是主力」。

「喬治，也通知其他人前往北邊現場！」

將輝委託吉祥寺傳話，自己則是全力趕往挖掘現場北邊的區域。

還沒實際進行挖掘作業的北邊平緩斜坡上，有一個直徑十公尺左右，推測是以魔法挖掘的大洞。這種粗暴的破壞行為，從一開始就無視於對古人應有的禮儀或是考古學上的價值。可說很像是罪犯的手法。

這個洞的前方有四個人倒地不起。不，或許應該說躺著四具屍體。兩人身穿軍服，兩人是深色連身工作服。後者的服裝應該是以挖洞為前提吧。穿工作服的其中一名死者是年輕女性。

洞裡與附近都沒有屍體以外的人影。但是周邊伸手不見五指。大概是梅雨將近，今晚烏雲密布也沒有星光。或許只是看不見，其實還沒有走遠也不一定。

將輝將手電筒調到最亮，再發動釋放系的光波增幅擴散魔法。像是射出照明彈的光輝照亮將輝前方。

在七、八十公尺前方，發現隱藏在黑暗裡的另一個洞。比前面的洞小很多。大概是能讓兩個人並肩進入的程度。雖然看不清楚內部，不過看來不是垂直往下挖而是斜坡。

光波增幅擴散的魔法失效。將輝發動新的魔法，一口氣跳到前方的洞。

「這是……洞窟的入口嗎？」

將輝停在洞的前方沉思。他不太擅長「看」，不過洞裡殘留有人通過的想子痕跡，清楚到連將輝都看得出來。大概是以逃走為優先，沒有充分隱藏行蹤吧。加上入口沒有封死，或許國防軍已經將歹徒逼到快要走投無路的程度。

要逮捕歹徒，這個洞窟應該是最快的捷徑。但是完全不知道內部的狀況。即使設有陷阱，將輝也有自信可以克服，但是獨自闖入還是太輕率吧？將輝是在苦惱這一點。

然而他的孤獨思考沒能持續太久。苦惱愈久愈難抓到歹徒。這是現狀最能確定的一件事——將輝做出這個結論。

他朝著通往地下的斜坡踏出腳步，像是滑下去般進入洞窟。

這裡與其說是洞窟更像隧道。

兩側與上方壁面明顯留著有人加工過的痕跡，高度與寬度也讓將輝在站著行走的時候完全不會覺得拘束。「地面」也整理得很平坦。將輝剛開始是慎重移動腳步，不過大約走五十步之後就改為奔跑。

隧道很長。沒有變化的封閉空間令人覺得時間過得比實際還久。奔跑約兩公里（體感是三倍長）的時候，將輝終於捕捉到前方有人的氣息。

可惜將輝不習慣在沒有物理光線的狀況下行動。雖然並不是做不到，但是無法在戰鬥時發揮原本應有的表現。

「我是十師族一条家的一条將輝！」

他豁出去沒關掉手電筒，朝著隧道前方大喊。

「沒做虧心事的話就給我停下來！」

回應他的是一陣碎石風暴。

將輝以預先準備的魔法護盾擋住攻擊，射出密密麻麻分枝的電擊網。不能劈頭就殺掉對方，所以威力僅止於麻痺等級。如果對方有心臟病可能會成為致命打擊，但他沒有餘力想這麼多。

而且以結果來看，這堪稱是無謂的擔心。

將輝發射的電擊被魔法護盾擋下。雖說有控制威力，不過像這樣完全被阻斷，對他來說是出乎意料的演變。

放電時發出的光，讓將輝得以確認隧道地形。他對自己使用移動系魔法，一口氣拉近距離。

迎擊的是兩名女性。後方是正在逃走的兩名男性。看見男性留下女性逃走的這個狀況，擁有傳統價值觀的將輝感到厭惡。

既然是魔法師，依照拿手魔法分工合作是合理的做法，「男的應該這麼做」、「女的應該這麼做」這種觀念不只對於男性，對於女性也反而很失禮，將輝理性上也明白這一點。

不過這是感性上，不對，是感受性的問題。不會照著理性走。

將輝明顯猶豫是否要攻擊，肯定是基於這個原因。或許歹徒深入考慮到這一點才利用女性雙人組攔截。利用女性或兒童讓對方掉以輕心，是恐怖集團或犯罪組織的常套手段。

但是被對方搶先攻擊，將輝也終究清醒了，立刻出招反擊。

實力差距顯而易見。即使如此，還是花了一些時間才讓攔截的女性魔法師雙人組失去戰力。大概是為了留活口吧。絕對不是因為對方是女性。

將輝就這麼任憑兩名女性倒在隧道地面呻吟，準備去追捕逃走的兩人。然而他聽到前方傳來的轟聲停下腳步，連忙架設魔法護盾以防崩塌。不過隧道沒崩塌。

（出口被封住了……？）

為求謹慎，將輝朝前方發射主動聲納。隧道除了平緩向上，幾乎是筆直的。要以反射的聲音判別前方的障礙物不是難事。

（果然嗎……）

將輝決定掉頭離開隧道。兩名女性歹徒以魔法浮空帶走。

沒搶回失竊的聖遺物。不，說起來甚至沒確認是否遭竊。

不過成功活捉歹徒同夥是不錯的成果。只要沒有空手而回就好——將輝如此安慰自己。

◇　◇　◇

進人類戰線幾乎將所有成員投入本次任務。不過為了避免全軍覆沒，所以領袖沒參加。副領袖則是要支援所有人撤退而沒有入侵挖掘現場。

說來諷刺，副領袖與他的小隊多虧這種配置而成功逃走。其他成員在和副隊長小隊會合之前全部被抓。好不容易成功偷挖的聖遺物也在中途被某人奪回——或者說是奪走。

犧牲同伴女性擺脫將輝追捕的進人類戰線雙人組，以魔法讓入侵用的隧道入口崩塌封閉之後鬆了口氣。

聖遺物在其中一人懷裡。之後只要逃回祕密基地就好——如果這裡有觀眾聽到登場角色的這段心聲，應該會指摘「這是在插旗」吧。

兩人為了前往會合地點，鞭策停下的雙腳要繼續逃走……的下一瞬間。

他們被「闇」纏附全身。

今天原本就是星月無光的陰沉夜空。遠離人煙的山腳也幾乎沒有民宅。不過連最近城鎮傳來的微弱燈光都看不見就非同小可了。

異狀不只如此。他們攜帶的手電筒燈光也被黑暗吞噬，甚至沒照亮腳下的地面。

「幻術嗎……？」

其中一名男性說出不知道是詢問還是呢喃的疑問。這個人原本是警察。值勤時為了逮捕逃走的嫌犯而使用魔法導致對方受重傷，被律師出身的國會議員抨擊「侵害人權」、「執法過當」，附和的媒體記者也大肆報導，因而逼不得已提出辭呈。他曾有這樣的經歷。

「不，這不是幻術。感覺不到對意識產生作用的法術氣息。」

另一名男性這麼回答。他是曾經隸屬於祕密教團的古式魔法師。昔日遭遇土石流，為了救人而使用祕術，被教團批判「違反絕不外揚的禁令」逐出師門。剛才用來逃走的隧道，是他隸屬於教團那時候得知的。

「不過這絕對不是自然現象！」

前警察堅定斷言。

「嗯，是魔法。不過到底要怎麼做才能造成這種現象……？」

前教團成員歪過腦袋。前警察朝著這樣的他開口想說話，大概是要說他自己的推理吧。

「——咕啊！」

不過他開口發出的是模糊的哀號。

前警察雙手按著心窩雙腳跪地，就這麼無法支撐身體，癱軟向前倒地。

「喂，怎麼了？」

前教團成員連忙單腳跪在旁邊，搖晃前警察的肩膀。

然而……

「嗚……！」

前教團成員像是被看不見的拳頭打中太陽穴般搖晃腦袋，主動朝側邊倒下。他想確認同伴的意識是否清醒卻沒能如願，自己也失去意識。

纏附在他們身上的「闇」消退。

兩人鬆手落地的手電筒，就這麼在地面畫出光條。

不知道從何處出現，身上深藍色賽車服自然融入夜晚黑暗的中性人影，走向就這麼倒地動彈不得的兩名男性。體型以男性來說偏小，以女性來說偏大，腰部纖瘦、胸部平坦。輪廓看起來像是文弱的男性，也像是平胸的女性。

這個人蹲下來依序摸索兩人懷中。從前教團成員口袋取出大約可以一手掌握的「玉」之後，這個人獨自露出滿意的笑容。

「──文彌。」

新登場的年輕美女朝著站直身體的青年說。美女身穿時尚服裝，很適合從高處俯瞰大都會的夜景。

「姊姊。」

青年——黑羽文彌這麼回應她。

「有了嗎？」

文彌的姊姊——黑羽亞夜子以最簡短的話語詢問。

「有了。」

文彌也同樣以簡略話語回答，張開左手露出「玉」。此外他的右手依然握著拳套造型的專用CAD。

讓進人類戰線雙人組昏倒的是系統外魔法「直結痛楚」。是直接給予精神痛楚的精神干涉系魔法，能夠熟練使用的人非常稀少，說是文彌特有的術式也不為過。

拳套造型的CAD是用來使出「直結痛楚」的專用演算裝置。之所以能戴著這個拳套——能任憑慣用手被封鎖，是因為他以完全思考操作型CAD發動其他魔法，成為新基準的思考操作演算裝置也在這種地方展現恩惠。

「被偷的就是這一個？」

文彌以確認的語氣，詢問正在注視他手心點頭的亞夜子。

「嗯。派去監視的人是這麼回報的。」

四葉家分家之中，黑羽家是專精諜報的分家。旗下魔法師也都擁有適合諜報的特殊技能。

例如遠距透視。無視距離，穿越障礙物，不論明暗，觀看指定「場所」之「光景」的能力。

亞夜子命令擁有這種特異能力的三名部下監視挖掘現場，掌握歹徒是否偷挖到聖遺物。

身穿黑衣的四名男性從夜晚的黑暗中現身，捆綁文彌打倒的兩名男性。文彌看完重新面向亞夜子。「還有歹徒沒抓到嗎？」他問。

「從挖掘現場逃離的傢伙都抓到了。」

聽到文彌的問題，亞夜子給他這句隱含例外的回答。

「也就是說，還剩下後方支援的成員吧。」

「嗯。不過或許應該說是『逃走支援』的成員。」

亞夜子以「回答得很好」的表情同意文彌的推測。

「已經查到他們在哪裡了。我們走吧。」

她朝著雙胞胎弟弟伸出手。

文彌握住這隻手的下一瞬間，雙胞胎姊弟的身影如同幻象當場消失。

◇ ◇ ◇

發現後方支援成員的三名黑羽家魔法師沒出手，等待文彌與亞夜子抵達。

率領這個小隊的是進人類戰線的副領袖。他們三人不知道這件事，不過從對方洋溢的強大魔法力氣息，判斷只由他們出手不是上策。

以結果來說，三人的判斷可能正確，也可能錯誤。從「對方逃之夭夭」的意義來說是錯誤，不過以「無人犧牲」這一點來看算是正確吧。

連接巳燒島與高千穗之虛擬衛星電梯使用的「疑似瞬間移動」，是亞夜子的拿手魔法。在獨力發動這個魔法的魔法師之中，亞夜子或許是世界頂尖的高手。至少亞夜子在疑似瞬間移動這方面凌駕於深雪與莉娜。

亞夜子與文彌使用這個魔法，出現在進人類戰線的後方支援……更正，逃走支援成員藏身的山路。

「——！」

「疑似瞬間移動」是在移動的時候形成空氣繭進入內部。自己移動時是在自己周圍，傳送自己以外的人（或物體）時則是將其周圍的空氣固定為球狀或橢圓球狀。這顆「空氣繭」會在抵達的同時解除，但亞夜子緊急重新製作。

因為抵達的地點充滿毒氣。

「亞夜子大人。」「文彌大人。」

兩人不明就裡的時候，同樣以魔法自保的黑衣部下無聲無息跑過來。

「對不起，被對方逃走了。」

黑衣小隊的隊長透露懊悔心情報告。

「因為這股煙幕嗎？」

反問的文彌聲音沒有憤怒。充滿現場的毒氣不是無色透明，是幾乎完全相反的濃密黑色，推測毒氣成分主要不是用來傷害敵人，而是遮蔽視野引發警戒阻止敵人追蹤。

「是的，文彌大人。以大型廂型車躲在這裡的歹徒，大約在三分鐘前散播這種擁有煙幕效果的毒氣趁亂逃走。以魔法產生的毒氣不會致命，卻有相當強力的幻覺作用，請小心。」

「三分鐘前嗎……」

差不多是文彌將攜帶聖遺物的歹徒打倒的時間。對方大概以某種方式監控同伴的狀態吧。

「產生這股煙幕的魔法，推測是在第二研開發的魔法。」

文彌思索時，黑衣人補充報告這一點。

第二研的研究主題是干涉無機物的魔法開發，尤其著重於吸收系魔法的開發與強化。毒氣的生成與中和是「二」之魔法師的拿手領域。

「意思是進人類戰線有第二研的失數家系加入嗎？」

「應該是。」

對於文彌的反問，黑衣人表示同意。

「事情或許會變得有點棘手……」

「是啊。」

亞夜子附和文彌這句低語。黑衣人這次默默低頭致意。

[12] 進人類戰線

進人類戰線。名稱不是「新人類」而是「進人類」，反映該團體「魔法師不只是新世代的人類，更是進化後的人類」的強烈自我意識。

這個組織一開始是為了對抗以「人類主義」為首的反魔法主義運動，對抗迫害魔法師的行為而起步。契機是在USNA前加拿大領地成立的FEHR。「進人類」也是取自FEHR名稱來源的標語「人類進化守護戰士（Fighters for the Evolution of Human Race）」。進人類戰線的出發點是致敬FEHR的組織。

不過，FEHR反對以暴力反擊現今人類的這個立場，在進人類戰線成員眼中逐漸變得不上不下。認定「既然政治與法律無意阻止魔法師遭受迫害，那麼某種程度的違法行為是必要之惡」而付諸實行，正式發動第一場示威行為的結果，導致第一任領袖被逮捕，進人類戰線不得不潛入地下。

後來進人類戰線開始成為非法組織，並且和FAIR聯手，不過平心而論，原本就受到當局嚴格監視的魔法師，即使標榜反魔法主義，真的無須任何後盾就能成立組織和一般人鬥爭嗎？領袖被視為罪犯逮捕之後，潛入地下的組織無須金援也能維持運作嗎？

答案是「否」。進人類戰線的背後有人撐腰，只有少數人知道幕後黑手的名字。

若要說得更正確一點，支援進人類戰線的人物背後，是連重量級政治家也無法違抗的「影之掌權者」。

◇　◇　◇

六月三日星期四夜晚。

回到自家的達也，迎接文彌與亞夜子來訪。兩人昨晚逮捕了二十多名想竊取原版聖遺物的進人類戰線成員，達也也有收到這個消息。大概是關於這件事的報告吧。如此預測的達也邀兩人進入起居室。

達也指示文彌坐在正前方，亞夜子坐在文彌旁邊，從玄關帶兩人進來的深雪坐他身旁。莉娜已經回到同一層樓的自己房間。

「落網的進人類戰線成員已經偵訊告一段落。」

「然後，我們得知一件有點頭痛的事。」

文彌與亞夜子先後這麼說。

「頭痛的事？」

反問的是深雪。

「先從查明的部分說起吧。」

亞夜子露出和「頭痛」這兩個字相符的表情，以不是回答的這句話回應。

達也以視線催促兩人說下去。

對於達也的視線，文彌同樣以眼神示意之後開口。

「進人類戰線的領袖叫做『吳內杏』，是二十六歲的女性。她沒參加昨晚的襲擊。副領袖是『深見快宥』，二十五歲的男性，爺爺是第二研的失數家系。」

聽到「失數家系」這個詞，達也板起臉，深雪皺起眉頭。不過，兩人都不知道深見曾經進入遼介房間。如果遼介已經向達也報告這件事，接下來的進展或許會有所改變。

「副領袖在昨晚的襲擊加入後方支援，但是被他逃走了。我們正在搜索他的下落。」

「依照你的說法，領袖的下落已經查出來了嗎？」

「嗯，查到了。」

聽到達也這麼問，亞夜子從文彌那裡接棒回答。

「她的藏身處就是問題所在。」

「是不方便出手的對象嗎？總不可能是十師族藏匿她吧？」

「十師族的話或許比較簡單。」

亞夜子以幾乎聽不到的音量輕嘆口氣。

「吳內杏藏身在十六夜調的宅邸。」

「……記得這名男性是百家十六夜家當家的弟弟吧。」

文彌與亞夜子一起點頭回應達也這句話。

「說到十六夜家，是號稱百家最強的古式魔法名門……這樣的家族，而且還是身為當家弟弟的人物，為什麼要袒護犯罪組織……？」

深雪以「難以理解」的聲音低語。

「而且進人類戰線的副領袖是失數家系吧？失數家系擔任幹部的組織，十六夜家本家的人居然會支援，一般來說簡直匪夷所思。」

十六夜家以極度厭惡人造魔法師而聞名，公然反對以基因操作或是生化措施強化魔法技能。對於十師族終究有所顧慮，但是毫不隱瞞對於失數家系的鄙視。現代日本魔法界將歧視失數家系的行為視為禁忌，十六夜家在這方面是異端。

即使如此，十六夜家還是沒被魔法師社會排擠，因為他們擁有號稱百家最強的實力。尤其是面對現代魔法總是屈居劣勢的古式魔法師大多會將他們拱為領導人物。此外，十六夜家對於如此依賴他們的魔法師百般照顧也是眾所皆知。

「亞夜子小姐，是不是他們有什麼特別的背景？」

「是的，深雪小姐，一點都沒錯。背後有不得了的人物撐腰。」

亞夜子在這時候停頓，不是想營造戲劇化的感覺，是要讓自己的呼吸穩定下來。

「命令十六夜調保護吳內杏的人，是元老院四大老之一。」

深雪雙手捂嘴。

連達也都睜大雙眼。

亞夜子現在說的「元老院」，不是明治初期設立帝國議會之前就存在的立法機構。當然也不是後繼機構，也和當年的憲法外機構「元老」無關。別名「玄老院」。

這是在黑暗面統治日本的掌權者集團。不，形容為「統治日本的黑暗面」比較正確吧。元老院的目的是避免這個國家「表」的秩序被「裡」的力量——被怪異或妖魔、步入歧途的魔法師或特異能力者的力量擾亂，負責打倒、封印、驅除這種存在與人物。

因此元老院將各種「擁有力量的人」納入掌控。四葉家也是其中之一。

四大老是元老院裡發言最具分量的四家當家。元老院的人數不固定，在十人至十五人之間變動，不過四大老的四家從元老院成立當初就固定。四葉家的贊助者東道青波就是四大老之一。

達也與深雪剛從第一高中畢業，就從葉山那裡得知元老院與四大老的事。文彌與亞夜子也是從第四高中畢業之後被叫到本家接受葉山的教導，同時簽下嚴守保密義務的誓約。

「……這確實很棘手。知道那一位的姓名嗎？」

「知道。是樫和主鷹大人。」

「…………」

達也默默陷入沉思。

「……關於吳內杏，要放棄逮捕她嗎？」

在變得沉重的氣氛中，亞夜子戰戰兢兢詢問達也。

「四大老也不是全知無謬，元老院肯定也不是團結一致。先找東道閣下商量看看吧。」

大概是已經整理好想法，達也流利回答亞夜子的問題。

「達也大人。」

深雪從達也身旁輕聲搭話。

「若要請東道閣下協助，要不要找莉娜從中協調？」

莉娜的正式姓名是「東道理奈」。她在今年初歸化日本，在那時候成為東道青波的養女。

「形式上是莉娜去見閣下，我陪她一起去。比起達也大人直接行動，我覺得這麼做比較不會引人起疑。」

「說得也是……」

三年前的夏天之後，達也不只是日本，也是世界各國軍事相關人士注目的……更正，警戒的焦點。他的一舉一動總是受到監視。

「那就拜託深雪吧。」

「遵命。我先叫莉娜過來。」

莉娜已經回去自己房間，但時間還不到晚上九點。她肯定正在做大學的功課，不然就是在看電視。她現在熱中的是ＵＳＡ時代的青春連續劇。

深雪以內線視訊電話呼叫莉娜。

起居室牆面螢幕映出的莉娜右手拿著電子筆。

「正在用功嗎？抱歉打擾妳了。」

『沒關係，我剛好覺得膩了。』

過於老實的回應，使得一旁聆聽的亞夜子輕聲一笑。

鏡頭肯定捕捉到她的反應，不過莉娜看起來不在意。

「那麼方便過來一下嗎？」

聽到深雪的要求，莉娜表情變得正經。

『重要的事嗎？』

「是的。」

「Ｏｋａｙ。我立刻過去。」

如自己所說，莉娜立刻過來了。

她不是坐在達也身旁，而是深雪身旁。

「所以要說什麼重要的事？」

莉娜前方是自己準備的——正確來說是向家庭自動化系統點的一杯咖啡歐蕾。她在飲用之前詢問深雪有什麼事。

「其實有件事想和東道閣下商量……」

深雪以這句話開頭，簡單扼要向莉娜說明她過來之前的對話內容。

莉娜聽完連想都不想就回答「沒問題」。

過於迅速的回應使得深雪感到不安，但是「不找東道商量」的選項不存在。後來決定由莉娜在明天連絡東道約時間面會。

◇　◇　◇

大概是時間點剛剛好，得以在六月五日傍晚和東道青波見面。

「深雪，辛苦了。也謝謝莉娜。」

達也慰勞回家的深雪與莉娜。莉娜不太明顯，但是深雪臉上難掩疲態。

「——達也大人。東道閣下臉色非常凝重。」

深雪回報面會結果的第一句話，使得達也「喔……」地發出深感興趣的聲音。

「吳內杏藏匿在十六夜調身邊的這件事，閣下不知情嗎？」

「嗯，好像是。閣下表示無法理解樫和大人的意圖。此外閣下指示『明天去十六夜調的宅邸一趟』，同時將這個交給我。」

深雪遞出一封信。收件人是十六夜調，寄件人是東道青波。既然十六夜調和四大老之一有來往，肯定知道東道的名字與地位。

「有這個就不會吃閉門羹了嗎……我知道了。」

「也會帶我去吧？」

莉娜暗示「應該不會當成接下來沒我的事打發我吧？」詢問達也。

「明天我們三人一起去。」

聽到達也的回答，深雪以緊張表情，莉娜露出滿意的笑容點頭回應。

達也他們在六月六日星期日傍晚造訪十六夜調的住所。

這是從早上就反覆打電話，在鏡頭前面亮出東道的信，才終於讓對方答應的結果。很適合稱為宅邸的十六夜調住所周圍，從昨天就由文彌率領手下監視。要是十六夜調企圖暗中讓吳內杏逃走，就由文彌他們逮捕吳內擄走。與其躲在宅邸內部，吳內逃出來比較合達也的意。

「能夠見到大名鼎鼎的各位，我深感榮幸。」

進行初次見面的問候之後，十六夜調以毫無誠意的語氣這麼說。之所以不是說「兩位」而是「各位」，應該是透露自己也知道莉娜的身分吧。不過以達也的立場，莉娜的經歷被他知道也不痛不癢。

十六夜調現年三十一歲。身後帶著兩名穿西裝部下（應該是護衛）的這名男性，給人的印象和年齡相符，是言行舉止終於開始變得穩重的年紀。二十幾歲時代的他大概相當神經質吧，隱約看得見他散發這種氣息。要是不客氣直說，感覺像是教養良好的「小少爺」就這麼沒經歷世間疾苦長大成人。

但是他的魔法力不可小覷。管理良好的想子幾乎沒有外洩，其背後透露的事象干涉力毫不猶豫可以誇稱一流水準。「匹敵十師族」的世間評價並不誇張——達也這麼認為。

「所以，請問各位本日前來有什麼事？我不記得和四葉家之間有什麼重大懸案需要勞煩到東道閣下。」

而且切入話題的這種假惺惺態度練得爐火純青。

不過這在達也預料的範圍之內。

「魔法犯罪組織進人類前線的領袖吳內杏如果在這座宅邸，可以交給我們嗎？」

達也從一開始就不打算多費工夫鬥心機，當面以無從誤解的形式提出自己的要求。雖然話語的形式是委託，實際上卻是要求，說的人與聽的人都明白這一點。

「假設名為吳內杏的這個人在這間屋子，為什麼不是交給警方，而是必須交給四葉家？」

調以視線試探，反問達也。

「您願意交給警方也可以，因為結果一樣。」

「意思是已經和警方說好了嗎？」

達也沒回答這個問題，只是淺淺露出詭異的笑容。

調臉上掠過一絲慌張。大概是對主人洩漏的情緒波動起反應，背後的護衛擺出架式。不過深雪投以責備無禮的懾人視線，莉娜投以不惜應戰的勇猛視線，使得兩人僵住不動。

「深雪，冷靜下來。莉娜，不要挑釁。」

「不好意思，達也大人。」

「對不起，達也。」

深雪與莉娜乖乖減輕視線的壓力。

從緊張之中解脫的氣息，不只是來自護衛。

「……司波先生，我這邊才失禮了。」

首先展現攻擊意志的是調的護衛。他道歉是合情合理。

「我不在意。」

所以達也也沒選擇浪費力氣爭相道歉。

「話說，叫做吳內杏的這名女性——是女性對吧？」

調這句問題偏重於確認的意思，達也點頭回應。

「這個人率領的組織，具體來說犯了什麼罪？」

調繼續提出最主要的問題。

「竊取軍事機密未遂。」

「喔，這可是重罪。如您所見，這個家不算大，我對吳內這位女性沒印象……不過為了以防萬一，我派傭人確認吧。」

十六夜調的宅邸位於前崎玉縣的狹山市北部，周邊住家的腹地也比東京市中心寬敞。這裡確實不是有幾十個房間的大規模公館，卻肯定是一棟「大宅邸」。

「您有那位女性的照片嗎？」

對於調的要求，達也沒說他裝蒜，遞出已經列印好的照片。上面映著一名不起眼的女性。

不算老。和實際年齡相符，是二十五歲左右的外表。

並不是沒上妝。嘴唇塗上顏色不會太花俏的唇膏，遮住一半耳朵沒超過衣領的短髮也整齊梳理到不拘謹的程度。

或許是看起來厚重的內雙眼皮影響整張臉蛋的形象，光是擦身而過的話大概會立刻忘記，是不會留下好印象與壞印象的面容。

調之所以露出驚訝神情，大概是在紙上顯像的2D照片在這個時代很罕見吧。他將照片交給背後的護衛，像是故意說給眾人聽般下令「找遍宅邸的每個角落」。

「感謝您的協助。」

「不，聽到是軍事機密竊盜案，我可不能不幫這個忙。」

調的這句話聽在知道隱情的達也等人耳裡是睜眼說瞎話，不，應該是大言不慚。接著調叫來別的傭人，下令重新泡茶並且端茶點過來。

經過一段時間之後，達也察覺宅邸後門那裡的氣息變亂。

他伸長知覺的細線想探查這股氣息，不過解讀氣息的知覺立刻被阻斷。

對於達也來說，這不是他第一次體驗的「法術」。這道知覺妨礙力場和八雲在修行時經常展現的「結界」屬於相同性質。

不只是探查氣息的技術，擴張視覺的「千里眼」、擴張聽覺的「順風耳」也都會被這個術式封鎖。使用術式的肯定是眼前的十六夜調。造詣確實高深。

但達也知道這種結界不妨礙精靈之眼。他以一成的能力將「眼」朝向剛才氣息凌亂的座標。

正如預料，身體特徵和「吳內杏」資料一致的某人從後門徒步離開。這座宅邸的後門外面是細長的小徑，大概是要到大馬路叫計程車吧。

不能從坐在面前的調身上移開注意力，所以無法深入解讀到確認女性真正身分的程度。但是這不成問題。因為文彌與亞夜子肯定不會失去先機……

「話說回來，我有一個疑問。」

達也思考這種事的時候，調在像是要妨礙他思考的時間點搭話。

「請問是什麼事？」

實際上達也不得不中止思考。不過即使中斷也沒什麼問題。

「您說這個人是軍事機密竊盜犯，不對，是未遂犯。為什麼不是軍人也不是警察，只是平民的司波先生您想要逮捕她？」

「因為是關係人。」

「關係人？也就是案件的關係人嗎？」

調想問出達也不太希望被問到的隱情。

「我無法回答。」

「不，希望您告訴我。因為我都像這樣協助了。」

無意義又不合理的這種難纏態度，使得達也察覺了。

調的目的是拖延時間。

看來他低估了。以為除了達也他們三人，並沒有準備其他逮捕吳內杏的人員……

（……不對，難道如果是我們三人以外的對手，她就有逃得掉的勝算嗎？）

不過達也立刻改變想法。

「如果您願意交出吳內杏，到時候我會說明。」

（我想文彌應該不會失手，但是還不知道吳內杏的魔法技能。如果她使用的是我們不知道的魔法……）

達也在岔開話題回應的同時，內心冒出「該不會……」的一絲不安。

◇　◇　◇

十六夜調的宅邸在郊外，卻不是在遠離人煙的深山，也不是在大規模水田或農園環繞的農村座落的獨棟住家。宅邸後方的小巷從早到晚都沒什麼人，不過現在還是傍晚，只要走到普通的道路就還算看得到行人。

平常的話是如此。

（難道是……結界？）

吳內杏一看見人影消失的城鎮景色就聯想到「結界」，因為她出身於傳承古式魔法的家庭。

但她自己沒學習老家的古式魔法。她家的作風是只對男性後代傳授祕術。

基於父母的方針，她也沒就讀魔法科高中之類的魔法教育機構。她接受的魔法訓練來自偶然目睹她天分的元老院四大老——樫和主鷹的部下。

由於拖延到成為大學生才開始進行魔法訓練，所以吳內的魔法相關技術不強。不過她與其說是魔法師應該說是特異能力者，也擁有靈媒師的素質。即使無法取得魔法協會認定的魔法師執照也絕對不是無能。

吳內杏從樫和那裡接下特別的任務。因此就算對方是四葉家（她在這個時間點還不知道想抓她的是四葉家）也不能乖乖束手就擒。趕人清場的這種結界，若是原本前往該處的人們數量與類型愈多就愈難維持。吳內以這個知識為根據，跑向城鎮的中心區域。

但她即使成功鑽出小巷，也沒能走到大馬路。

一個修長的人影擋住她的去路。

（女性……不對，青年……？）

看起來像是修長女性也像是纖瘦男性的這個人影，右手戴著拳套。明顯表示有意動用武力的這個道具，使得吳內毫不猶豫發動自己的特異能力。

◇　◇　◇

為了阻止吳內杏逃走，文彌擋在她的面前。右手的拳套是威嚇。他不打算劈頭就使用「直結痛楚」。作戰是由他在前方吸引注意力，再由部下從後方悄悄接近讓吳內入睡。

然而吳內杏的身影突然從文彌眼前消失。文彌在一秒後才重新捕捉到她的身影。剛才確實位於眼前的吳內，企圖逃進剛才走出來的小巷。

（「疑似瞬間移動」？不，不對。沒有這種感覺。也沒有魔法發動的程序。吳內杏是特異能力者嗎……？）

文彌在思考的同時追著吳內奔跑。小巷另一側的出口也有派部下監控，不過如果她使用剛才不明就裡的特異能力，很可能會被她逃走。

文彌使用「自我加速」增加移動速度。

只不過，他不太擅長這個術式。因為以文彌肩負的任務來說，比起單純的速度，能夠迅速對應狀況變化的彈性更加重要。與其說他在技術上不擅長，應該說自我加速魔法在術式結束之前基本上只能以預先決定的方式行動，這個性質使他心理上有所抗拒。

但現在不是堅持這種事的場合。文彌正確回想起吳內杏逃進去的小巷地圖，設定路徑追她。

努力沒有白費，文彌很快就再度看見吳內的身影。時間約五秒。文彌就這麼追過去，準備從後方抓住她。

然而……

文彌接近到吳內背後伸出手的這時候，她的身影再度消失。

（——不對！不是消失！）

（是在一瞬間加速到迅雷不及掩耳的速度！）

這次文彌也有多加注意。明明提防對方會消失卻依然追丟，但因為他意識到這個可能性，所以至少認知到發生了什麼事。

（和有希一樣的身體強化？不……這也不對。）

文彌有一名能使用「身體強化」這種超能力的部下叫做「榛有希」。不是父親的屬下，是文彌個人的部下。

這名部下的「身體強化」是將肌力、速度、身體強度全部提升，尤其是速度快到可以產生殘影，不使用幻術就能創造分身。

文彌屢次近距離目睹，所以很清楚「身體強化」是怎麼一回事。吳內的加速和部下使用的「身體強化」截然不同。

吳內的身影出現在小巷出口。距離約十公尺。

文彌追丟的時間是一秒以內。恐怕連半秒都不到。大概是無法長時間維持加速狀態吧。即使如此，毫無徵兆就能發動特異能力是一大威脅。

吳內的身影消失在小巷出口處的住家外牆後方。

（不要過度下重手的天真想法就此打住吧！）

文彌下定這個決心，再度發動自我加速魔法。

◇ ◇ ◇

（還在追……）

吳內杏感覺得到背後有一對「視線」朝向她，並不是她自己的能力，是十六夜調給她的隱形護符效果。這個護符可以隱藏自己的氣息，卻沒有欺瞞肉眼的能力，只能避免對方以氣息找到自己的位置。相對的，對方搜尋自己的氣息會以五感以外的知覺傳達給護符的使用者。這是護符的副作用。

她的特異能力是「固有時間加速」。將自身時間加速的能力。

……這麼說會覺得是極為優秀的能力，但可惜不像某美漫英雄或是某古典漫畫的人造人那麼強力。

每次加速的持續時間，以主觀時間來說最多一分鐘，以客觀時間來說是一秒。

換言之，加速率最高是六十倍。而且加速到極限會劇烈消耗，下次發動需要十分鐘，也就是遊戲術語所說的冷卻時間。因此平常會把加速率控制在不需要冷卻時間的三十倍以下。

此外，能驅動的物體是自己的身體，以及下意識就能帶動的身上物品。例如衣服與鞋子，一般在行走或奔跑的時候不會特別認為或感覺到一起在動。道具也一樣，只要固定在身上就不會意識到正在帶著走。

不過比方說想要開槍，握住槍靶的剎那就會意識到這個行為，在隨著加速率增幅的慣性束縛之下變得沉重無比。其他武器也一樣。因此在進行攻擊的時候一定要先停止加速。

至於在不使用武器的狀況，不同於「身體強化」，對抗外部衝擊或反作用力的肉體強度沒有增加，所以會因為反作用力而骨折或是肌肉與肌腱斷裂。她的特異能力實際上只能用在逃走或偷襲。

不過現在要以逃離追兵為第一優先。吳內的特異能力適用於這個狀況。她一邊注意從背後接近的追捕者，一邊再度使用「固有時間加速」。

隨風搖曳的路樹或是振翅飛翔的小鳥動作變得緩慢。

奔跑的速度不變，向後捲動的景色卻增快，空氣變得黏糊沉重。

逆風吹得臉好痛，難以呼吸。

大概是因為分心注意追蹤者在內的各種細節吧。

面前出現人牆，吳內連忙停下腳步。

同時解除特異能力。

全身漆黑裝束，與其說是傳統的暴力集團，更像是電影中都市傳說的外星人祕密特務的這群男性，在吳內面前組成半圓形的人牆。

各人的間隔很窄，標準體型的吳內鑽不過去。

吳內杏駐足不前。

黑衣人使出魔法。

提高氮氣濃度，造成對方缺氧的聚合系魔法。結束條件定為「攻擊對象呼吸一次」，以剝奪對方戰力為目的的非殺傷魔法「氮素氣流」。

吳內不知道對方使用的魔法是「氮素氣流」，但是有察覺對方使用了魔法。

她認知到遭受魔法攻擊的同時……

十六夜調賦予的古式魔法發動了。

◇　◇　◇

文彌再度以肉眼捕捉到吳內杏的時候，部下正要朝她使用魔法。魔法式的完成度、威力與瞄準都無可挑剔。文彌的感覺如此告訴自己。他堅信即將成功逮捕吳內杏。

然而在下一瞬間……

這份確信被推翻了。

踉蹌跪地的是原本應該處於攻擊方的部下。

文彌「看見」發生了什麼事。部下使出的「氮素氣流」沒產生效果就消失，反倒是他們自己中了「氮素氣流」陷入缺氧狀態。

（將魔法……反射了？）

文彌無法相信自己的「眼」所「看見」的光景。

文彌知道某些技術可以利用魔法效果——魔法改寫事象的效果，以同種魔法反擊對手。文彌自己也學習、練習過這種技術。

不過將別人發動的魔法原封不動還給對方，他從來沒聽過也沒見過這種技術。

然而如果自己的「眼」——自己對魔法的認知能力沒有失常……

在他「視野」發生的就是這種狀況。吳內杏反射了部下的魔法。

文彌將戴著拳套的右手伸向吳內。

這個拳套是為文彌的拿手魔法「直結痛楚」準備的專用CAD。

即使是貪心渴求魔法相關知識的四葉家，也不知道除了文彌還有誰會使用「直結痛楚」。這個罕見的精神干涉系魔法，要說是文彌專屬的魔法也不為過。

文彌向吳內杏使出這個直接給予精神「痛楚」的魔法。

文彌並不是怒火攻心。他使出「直結痛楚」的時候，內心牢記剛才發生在部下身上無法理解的現象。

因此他得以承受得住。

得以看透。

吳內杏左手施放的「痛楚」襲擊文彌的左手。

文彌臼齒咬得軋軋作響。

直接陷入精神的劇痛，他只咬緊牙關就忍住。

（……魔法果然被反射了。）

（吳內杏沒有控制反射。射向她的魔法是自動轉向。）

（反射的起點是……背後。心臟後側的部位嗎……）

（難道這是叫做「咒刻」的技術？）

將人類軀體當成符，以刺青畫上具備魔法發動效果的文字與圖形，是在古式魔法也歸類為非主流的技術。原理和刻印型術式一樣。差別在於刻印型術式是在感應金屬刻上的文字與圖形注入足量想子發動魔法，咒刻是反映特定情感的想子波發動魔法——文彌從四葉本家的祖母學習到這個知識。

從達也揭開的事象干涉力真相來推測，咒刻大概是以靈子波與想子波當成發揮功能的兩把金鑰。遭遇攻擊時會自動反擊，由此看來觸發效果的情感是危機意識與自我防衛。

（很難期待她在戰鬥的時候失去危機意識嗎……）

（如果和刻印型術式的原理相同，肯定非常耗能。）

（發動的時間點就已經無法由自己決定了。無須準備時間的魔法肯定無法持續使用太久。）

「所有人聽好！不可以直接攻擊那個女的！」

文彌大聲向擋住吳內去路的黑衣部下們下令。

◇　◇　◇

「……請問怎麼了嗎？」

還在試著對達也拖延時間的調，突然收起表情不發一語。

「啊，不。沒事。」

被達也點出自己的變化，調連忙否認。不過光是以肉眼就明顯看得出調將部分的注意力分到不是這裡的某處。

達也向深雪使眼神。

「話說十六夜先生，請問大約有多少人在這座宅邸工作？」

深雪向調搭話，達也深深坐在沙發。雖然沒向後靠在椅背，不過完全交由深雪應付調。

「……為什麼這麼問？」

調經過不算突兀的停頓才反問，明顯沒專心對話。

達也趁機多分配一些「眼」的資源，看向調的注意力所在的方向，也就是他持續觀察中的文彌與吳內之戰。

◇◇◇

「在自己前方用魔法護盾築牆，別讓她往前走！」

最初妨礙吳內逃走的中性容貌女性（應該是），聲音也很中性。她以響亮悅耳的女低音對黑衣人下令。

原來那名女性（？）不是黑衣人的同伴，是主人嗎——吳內如此心想。

難以想像她讓黑衣人臣服的光景，感覺也不適合。但是人不可貌相吧。畢竟自己也不是擔任犯罪組織領袖的料——吳內自省之後也這麼認為。

吳內知道己方人馬做的事情是犯罪，不會成為魔法師整體的利益。對於進人類戰線現在的立場，她打從心底批判，應該說明確反對。

——成立當初的進人類戰線雖然獨善其身，卻洋溢著舒暢的熱情。為了想辦法矯正社會的錯誤而土法煉鋼拚命摸索道路的眾人身影，即使笨拙依然閃閃發亮。

然而不用多久的時間，就在無力感的折磨之下從絕望墜入黑暗。直視至今不去面對的事實居然會這麼輕易侵蝕人心，實在是出乎預料。沒有任何實績的我們即使以合法手段宣揚理所當然的道理，別人也只會當成耳邊風。因為體認到這一點，所以決定即使犯法也要立下實績。

一旦開始墜落，很快就會跌落到谷底。如今進人類戰線只是犯罪組織，是恐怖分子預備軍。

即使墮落，對他們的同伴意識也還在。即使無法回復為原本正當追求理想的集團，也希望阻止他們犯罪。這次的工作好像害得許多同伴被司法當局逮捕了。希望他們藉著這個機會贖罪重返正道。

其實吳內想在被捕之前修正組織的軌道。然而只是虛假領袖的自己無法改變。沒有決定權。

進人類戰線的真正首領是十六夜調。吳內只是在老師——在樫和主鷹的命令之下拜訪十六夜調，在十六夜調的命令之下參加進人類戰線，依照他的命令成為第二任領袖。其中沒有吳內自己的意願。

說到沒有自己的意願，十六夜調在這部分大概也一樣。我與他都只是老師計謀中的棋子——

吳內杏並不是許久沉浸在自己內心的獨白。她的思緒是只在腦海掠過一秒左右，還沒循序組成話語之前的概念。然而在這一秒，吳內就被追捕她的女性（這只是她的誤解，實際上是男性）追上了。

吳內再度被文彌追上。

◇◇◇

「話說十六夜先生，請問大約有多少人在這座宅邸工作？」

「……為什麼問這種問題？」

「因為他們好像花了不少時間確認。」

「還沒有讓你們等很久喔。」

達也一邊聆聽深雪與調的對話，一邊觀察文彌與吳內杏的戰鬥。

文彌不是使用拿手的「直結痛楚」，而是發射低威力的魔法，以並排展開的護盾擋下反彈的魔法，同時在等待某種機會。大概是盤算「反射對方魔法的魔法」遲早耗盡精力吧。

若是如此，那麼文彌的盤算落空了。

吳內杏只不過是觸發點兼中繼點。發動那個魔法的術士另有他人。達也在三年前追捕對四葉家懷抱私怨而策動炸彈恐怖攻擊的前大漢古式魔法師顧傑時看過這種技術。當時是以沒有魔法資質的人類主義者當成中繼點。

即使不是魔法資質擁有者也能中繼魔法。比起無法使用魔法的普通人，魔法師持續中繼魔法的負擔肯定比較小。在魔法反射變得無法使用之前，驅離路人的意識誘導魔法會先迎來極限吧。

（話說回來，反射魔法的魔法嗎……這是第一次見到。）

正在奮鬥的文彌肯定會抱怨說「現在不是說這種話的場合」，但達也忍不住對這個經由吳內使用的魔法感興趣。

（這麼說來，我聽師父說過，有一種法術可以將詛咒送回給術士。名稱直接就叫做「詛咒回送」。）

達也將「眼」朝向正在和深雪爭論「很慢」與「不慢」的調。不過他的肉眼一直就這麼看著調沒動過。

（十六夜家被喻為古式魔法的名門，不過在我們現代魔法師之間，只從古式魔法師那邊聽過「百家最強」的評價，不知道詳細的實情。如果十六夜家的專長是詛咒，也可以理解他們為何不想對外公布實情。）

達也只在內心淺笑。讓吳內杏使用反射魔法的是面前的十六夜調。他從剛才就看穿這一點。

（不過文彌居然陷入此等苦戰……不，與其說是苦戰，應該說苦於不知道如何攻擊。封鎖道路差不多也快到時限了，就幫他做個了斷吧。）

達也決定介入。

他將「眼」聚焦在吳內杏背部的刺青——「咒刻」。

◇◇◇

和深雪爭論的調突然不發一語。

不只是沉默。表情變得看似失魂落魄。

「十六夜先生？」

交談的對象突然沉默。深雪在疑惑的同時，語氣難免變得像是責難。

「深雪。」

「達也大人？」

不過看見達也微微搖頭，深雪停止向調搭話。

不過，調現在即使被搭話也無法回應。他的精神受到強烈打擊，陷入無法隨意思考的狀態。

好不容易成形的想法與情感是「不會吧」與「豈有此理」。

調回復為能夠正常思考，已經是吳內杏被文彌抓住之後的事了。

◇◇◇

文彌使出不勉強自己就能防禦的低威力魔法，引誘吳內使用反射魔法，同時等待時機。

不過遲遲看不見對方用盡魔法力的徵兆。

這裡是普通的住宅區。未經許可封鎖道路的時間也有極限。

文彌開始感到慌張了。就在這個時候……

一個魔法從虛空，從不是這個物質世界任何場所的某處射向吳內杏。

（這是——！）

並不是足以震撼身心的強大威力。反倒是小規模的魔法。

是的——必要最底限的規模。

不多不少，剛好達成目的，無比精緻又藝術性的魔法。

甚至完全沒留下魔法施放者的痕跡，是為了目的而消耗殆盡的魔法。不過文彌一眼就知道術士是誰。

（……達也先生。）

施放這種魔法的人非達也莫屬。

對於文彌來說，這是毋庸置疑的事實。

（達也先生在這個場面助我一臂之力。那麼那個魔法肯定是「破壞魔法的魔法」，是「術式解散」！）

文彌將右手的專用CAD朝向吳內。

他沒懷疑。也沒考慮控制力道。

只想著要確實剝奪對手戰力。

一旦被反射，自己恐怕再也無法行動。

文彌以如此強大的威力使出「直結痛楚」！

這個行為在他人眼中是輕率的豪賭。

不過文彌甚至不認為這是賭博。

◇　◇　◇

（咦，什麼？）

突然到來的小小衝擊。不是物理上的，是精神上的衝擊。

吳內也知道自己中了某人的魔法。

但是不知道被做了什麼事。

也感覺不到自己身上有任何異狀。雖然覺得有點詭異，不過應該是十六夜調刻上的咒刻照常反射了吧。吳內以這個想法說服自己。

敵方女性（？）從不遠處——具體來說是大約三公尺的前方，朝吳內伸出戴著拳套的拳頭。

不是揮拳打得中的距離。

那麼應該是魔法。

反正打不中我，只會反射給她本人——

吳內如此心想，目空一切。甚至連八字都還沒一撇就在猜想，可以在對方中了自己的魔法而畏縮的時候趁機逃走。

然而在下一瞬間……

劇痛襲擊吳內。

（——！）

痛到連聲音都喊不出來。也發不出哀號。

不知道哪裡在痛。她甚至無法認知這是「疼痛」。

直接施加在內心的「衝擊」將她的意識漂白，在下一瞬間像是斷電般一片漆黑。

吳內的身體失去意志的控制，如同斷線傀儡倒在路面。

◇◇◇

終於取回思考能力的十六夜調，首先思考的是「發生了什麼事？」這個問題。

他立刻得出答案。

（我的法術……被破解了？）

施加在吳內杏身上的「反射」法術不再傳回手感。

法術被破解的反作用力使得自己的精神受到傷害。以此說明剛才受到的衝擊最為貼切。

（可是……我沒感覺到任何徵兆啊？不讓術士發現術式被干涉，甚至毫無感覺，在那麼短暫的一瞬間就破解？做得到這種事的到底是何方神聖？）

腦海浮現的疑問立刻得到答案。

司波達也以暗藏玄機的眼神看過來。調從這雙視線得知是誰破解他的法術。

不管是否想知道，都被迫得知了。

（司波達也……原來不是單純的趾高氣昂嗎……）

那個四葉家的直系血親。下任當家的未婚夫。

光是這樣，在魔法師社會就具備任何人都無法忽視的重大意義。

但是司波達也的威名不只來自這些身分，更是基於其他實績。

三年前的夏天。

五年前的秋天。

震撼世界，讓大國承認他一個人就足以成為各國軍事威脅的超長程大規模魔法。

雖然政府沒公認，卻無疑是戰略級魔法師。

不，是甚至超越戰略級的非公認超戰略級魔法師。

坐在面前這個表面恭敬內心瞧不起人的年輕人，得到世間——魔法師社會的此等評價。

然而自己的法術如果真的是被這名青年破解……

（不只是威力無人能及，還擁有極度高超的技術嗎……？）

調不禁感到戰慄。

也冒出另一種情感。激烈的嫉妒。

調對於自己的本事抱持強烈自負。號稱匹敵十師族的十六夜家之中最優秀的魔法師，調確信不是當家的哥哥而是他自己。

將當家寶座讓給哥哥，是基於長子繼承的慣例，更是因為元老院四大老的樫和主鷹希望他成為親信。這個事實與地位比起當家地位更滿足調的自尊心。

他的魔法要在不能見光的工作才能活用，無法像是國家公認戰略級魔法師那樣站上舞台大顯身手備受矚目。但是調滿足於自己的境遇。比起國家公認戰略級魔法師，被真正掌權者需要的自己才是真正優秀的魔法師。他甚至抱持一種優越感。

然而現在，調的魔法在自己面前輕易被破解。

被迫目睹否定這份自負的高超手法。

——這一天。

——十六夜調的內心深處，對司波達也產生強烈敵意。

[13] 失數家系

被文彌逮捕的進人類戰線領袖吳內杏，在當天被送到位於伊豆半島下田市的四葉家據點。

這裡是達也決定在伊豆半島東南沿海建造魔工院的時候，四葉家設立的後援據點。在情報公開之前買下預定出售的療養設施，改造為要塞兼監獄。以現有設施改造的這個據點，在去年夏天的階段就比魔工院先完成。

為什麼四葉家認為需要監獄與要塞？

因為預料到魔工院會成為極度實用魔法技術的寶庫，成為軍事或犯罪組織的目標。

軍事上以及經濟上的優勢，都取決於基礎技術加上商品化技術。單靠基礎技術或是商品化技術都無法在競爭中獲勝。魔工院的目的是將魔法和產業技術結合，培育經濟上能夠自立的人材。這也可以讓魔法這種基礎技術連結到實用層面，造就產品化技術的累積。這是至今魔法學缺乏的一面。

魔工院不在巳燒島，是在陸地延伸的半島。任何人都能前往。而且附近也有知名觀光勝地，即使非相關人員出入也不起眼。

雖然應該不會一開校就成為非法活動的目標，不過立下實績之後肯定會被盯上。為了保護魔工院的智慧財產，保護就讀的魔法人學生與執教的專家學者，必須防備非法活動集團的襲擊。四葉家的這個想法絕對不是多慮。

預先建設用來對付襲擊者的戰鬥員駐留設施以及收容來襲歹徒的監獄，是基於這個預測的必要措施。

開始運用沒多久就迎來囚犯，肯定出乎他們的計算。不過這裡剛好適合收容被抓的進人類戰線成員。因為他們可能遲早會獲釋，所以不方便帶他們去比較機密的據點。收容吳內杏之前，在飛驒高山逮捕的其他成員也已經關進這座設施。

另一方面，這天夜晚的四葉本家，正在討論被抓的吳內杏及其部下要如何處置。參加討論的是真夜、葉山、花菱、紅林共四人。葉山等人是知道四葉家祕密的內層管家。

「抓到的那些人有誰可能有用嗎？」

真夜詢問屬下們。

「領袖吳內杏擁有相當有趣的能力，但她是元老院四大老樫和大人的手下，無法納入我們家的旗下。」

統括戰鬥部門的花菱管家回答這個問題。

真夜瞥向葉山。

葉山不發一語恭敬點頭。他是四葉家的首席管家，同時也是被派來監視四葉家動向的元老院代理人。不過四葉家只有真夜知道這件事。

「除了吳內杏，可能有用的共六人。不過都是當成棄子的等級就是了。即使如此也還算是豐收吧。」

「當成研究對象來說沒錯。」

統括研究部門的紅林管家接在花菱後面發言。

「吳內杏是唯一選擇。她就我們來看也是罕見的人材。不只是『固有時間加速』這個近似超能力的特殊魔法，也同時擁有靈媒師的資質。」

「靈媒師？」

真夜表示好奇。

「是的。而且不是感應殘留思念的類型，是感應他人術式的類型。」

「具體來說做得到什麼事？」

「可以將他人的術式儲存在自己內部，改變目標之後釋放。不過當然要為此進行訓練。」

「啊啊，所以……」

「是的，這是最適合成為魔法中繼點的才能。也可以說非常適合成為『詛咒回送』的術士。

樫和大人將她送進十六夜調那裡，或許也是因為這份才能。」
「這樣啊……放她走太可惜了。」
「正是。可以的話，想在放走她之前好好研究一年左右。」
「可惜應該不能這麼做吧。」
紅林正直吐露身為研究者的慾望，真夜露出苦笑。
「可能有用的六人交給花菱先生……另外十九人怎麼辦？」
四天前抓到的進人類戰線成員共二十四人。六人由四葉家收編，還得決定包含吳內的十九人如何處置。
他們是竊盜嫌犯，不過逮捕他們的四葉家沒遵守法律，不能就這麼引渡給司法當局。
「最好的做法應該是給國防軍接收吧。」
「程序要怎麼進行？」
花菱述說意見，真夜問他具體的做法。
「一条家在本次事件和國防軍建立合作關係。把逮捕的那些人連同功績交給一条家，再來他們應該會妥善處理。」
花菱回答之後，他旁邊的葉山點了點頭。
「紅林先生也贊成嗎？」

「是的，夫人。」

「那就採用這個方針。和一条家的交涉……我想想，要不要找達也幫忙？」

「屬下認為沒問題。」

葉山對真夜提出的方針表示贊同，另外兩人也低頭代表同意。

「不過，下週再去找一条家談這件事吧。紅林先生。」

然後真夜別有含意看向紅林。

「在這之前要將吳內杏交給屬下是吧？」

紅林滿臉洋溢期待。

「是的，不過時間很短，或許不太夠吧。」

「屬下不勝感激。」

紅林以誇張動作行禮。

「差不多就這樣吧……啊啊，這麼說來……」

真夜以忽然想到般的語氣補充。

「叫做深見的『二』之失數家系找到了嗎？」

已經查明進人類戰線的副領袖是第二研的失數家系。

「依照黑羽大人的判斷，目前放任他自由行動。」

葉山立刻回答。

「貢先生嗎？」

四葉分家黑羽家當家黑羽貢因為和真夜年齡相近（話是這麼說，但真夜大他五歲），所以兩人是互稱「貢先生」與「真夜小姐」的交情。

「夫人想抓住他嗎？」

「不，貢先生應該也有自己的考量。維持現狀沒關係，不過要好好盯著。」

「是。屬下會這麼告知黑羽大人。」

「那麼各位，辛苦了。」

真夜滿意點頭，離開用來開會的小餐廳。

花菱與紅林各自回到自己的崗位，葉山陪同真夜前往她的私人書房。

◇◇◇

進人類戰線幾乎所有人都參加乘鞍岳山麓偷挖聖遺物的任務。現在能自由行動的只有包括副領袖深見快宥的九人。

這九人在房總半島東京灣岸的祕密基地，個個都垂頭喪氣。

今天是六月七日星期一。其中也有人隱瞞自己是魔法資質擁有者擁有正常的工作。即使不惜缺勤也像這樣集合，卻從早上就沒做任何事，漫不經心浪費時間。

他們之所以意氣消沉，是因為收到領袖吳內杏被抓走的壞消息。

「……為什麼那個四葉家會出動？」

餘黨的一人輕聲說。

「抓走領袖的不一定是四葉家……」

另一名男性輕聲反駁。

「領袖藏身的宅邸出現四葉家的怪物，沒多久她就被抓走了！你要說這是巧合嗎？」

回嘴的聲音與其說是反駁更像哀號。

「別吵了！」

副領袖深見阻止這場無意義的口角。

「要救回領袖。我們為此聚集在這裡開會。現在不是起內鬨的時候。」

「雖說要救，但是別說領袖被關在哪裡，我們甚至不知道是誰抓的。你說我們要怎麼救？」

主張不一定是四葉家抓走的那名男性詢問深見。

「要是等到確實的情報再行動，可能會來不及。我想難免必須走一步算一步。」

深見回答時的遣辭用句頗為高傲，不過語氣各處透露神經質的個性。

「就算要走一步算一步，也完全不知道在哪裡吧……」

這個男的大概也知道現在刻不容緩，他反駁的聲音沒有力道。

「沒要調查下落。不是救領袖出來，而是讓對方釋放領袖。」

「……到底要怎麼做？」

斷定四葉家抓走領袖的青年這麼問。

「首先，假設從領袖藏身的宅邸帶走領袖的人和司波達也有關。從狀況來看，這個可能性是最高的。」

這次沒人出言反駁。

「七草家的女兒在那個男人的公司。」

真由美在魔法人聯社就職的消息已經在魔法界人士之間傳開。不只是深見，在場沒人不知道這個事實──嚴格來說不是「公司」，不過這裡也沒人在意這種事。

「……要抓七草真由美當人質嗎？」

敏銳的某人詢問深見。不過從剛才的內容推理深見的想法並非難事。

「沒錯。」

「……對方是十師族的直系耶？」

「我沒要小看七草真由美的實力。不過再怎麼高明的魔法師，只要被暗算就無法發揮原本實力。此外，如果是魔法的偷襲，她或許會察覺並且擋下，但肯定沒充分防範魔法以外的偷襲。」

「要在市區使用毒氣嗎？」

同伴們發出驚訝的聲音。

「那個女人住在四葉家旗下企業的員工宿舍。不會波及無關的人。」

魔法人聯社的相關人員被波及也沒關係。深見說出這種粗魯的道理。

但是沒有反對的意見——從這一幕就看得出進人類戰線終究是犯罪組織。

◇　◇　◇

二一〇〇年六月九日，星期三。時間即將晚上六點半。

真由美任職的魔工院，上班形態非常彈性。不限幾點上班，下班時間也由本人決定。不過真由美基本上是九點上班，下午五點下班。回到徒步範圍的員工宿舍時大致是傍晚六點前。

不過今天和廣告公司開會比較久，離開辦公室的時候是晚上六點多。平常都會在途中喝杯茶或買點東西再回去，但今天沒繞路就直接回家。

現在是一年裡白晝最長的季節，加上今天從下午放晴，所以天色在這個時間還是很亮。雖然行人不像她位於東京都心附近的老家那麼多，卻也不是完全看不見市民。即使時間比平常晚也肯定沒任何危險。

為了健康，她沒騎機車或腳踏車，而是徒步通勤。這天也從魔工院走路回家，在即將進入員工宿舍的腹地時——

——她突然被一陣暈眩襲擊。

（貧血……？不，這是……）

真由美和敵人交戰時的王牌，是將乾冰射向對方臉部，在即將命中時氣化為二氧化碳灌入對方氣管，造成缺氧與二氧化碳中毒的魔法。

所以她研究過遭受類似魔法攻擊時的應對方式，也研究過被毒氣籠罩時的自覺症狀，以及察覺這種攻擊時的對應方式。

（以上空的乾淨空氣，將毒氣……）

她推測自己身陷的症狀，來自擁有酩酊效果的毒氣。

真由美想使用拉下大量上空空氣產生下降氣流的移動系魔法「下降旋風」，吹散充斥於自己身邊的有毒氣體。

然而她察覺的時候慢了半拍。

發動魔法所需的注意力，她無法充分集中。

如果這時候真由美身上的ＣＡＤ是以往的按鍵操作型，在這個狀態或許還是能發動魔法。

完全思考操作型的ＣＡＤ雖然不必動手操作，但代價是必須清楚、明確地意識到操作內容。在意識模糊的狀態無法順利進行輸出啟動式的必要操作。這是隨著技術進步而容易產生的「意外陷阱」。

真由美癱坐在路面，處於半昏迷的狀態。她看見人影從暗處跑過來，卻無法辨別長相，也無從抵抗或逃走。

（拜……拜託……誰……來……）

真由美也是年輕女性。即使意識模糊，也只有恐懼湧上心頭。

不，正因為是無法抵抗的狀態，所以恐懼膨脹到不必要的程度。

（誰來……！達也……十文字……摩利……誰都好……拜託……！）

可靠的學弟。可靠的好友。但是他們今天不可能位於這附近。

真由美以受到束縛的思考，尋求附近可以拯救她的某人。

（救我……遠上先生……！）

「你們在那裡做什麼！不准接近七草小姐！」

真由美懷疑自己聽錯。害怕這可能是稱心如意的幻聽。

她在模糊的視野裡看見遼介確實跑過來，然後像是斷線般失去意識躺在路面。

◇ ◇ ◇

達也委託遼介擔任使者回到溫哥華見蕾娜．費爾之後，遼介一直處於無心工作的狀態。還沒有明確指示出發時間。不過肯定沒那麼久。老實說，遼介希望愈快愈好。進一步來說，遼介陷入「想要盡快再度見到蕾娜」的願望。

遼介幾天前才和星幽體的蕾娜交談，不過看來還是想念本人。不，或許因為見過和本人一模一樣的星幽體，所以才更想見她。

大概是顯露在態度上吧。遼介今天下午終於被新任的學院長趕出事務室。雖然這麼說，但他不是被開除，而是受命將不能郵寄的重要文件送給答應協助魔工院的某工業大學講師，順便更新護照。

其實原本預定更早回去，不過在送文件過去的大學意外多花了一些時間。那裡湊巧是遼介只就讀一年的大學。

遼介從大學回程途中，被在學時期很照顧他的講師攔下（和收件的講師不同人），追根究柢問了各種問題。這名講師經過這段交談似乎對魔工院感興趣。確保教師是魔工院最重要的事項。遼介不能冷淡以對而聊了很久，結果就拖到這麼晚了。

學院長說「都已經是這個時間了」命令遼介直接回去，即使如此，遼介返抵員工宿舍的時間還是比平常晚。但他偶然因禍得福——應該可以這麼說吧。

他撞見癱坐在員工宿舍腹地前方的真由美，以及接近她的可疑人影。真由美無法認知襲擊者的長相也是當然的，他們都戴著防毒面具。

遼介察覺這一點的時候，也已經吸入少許毒氣。不過幸好他察覺得快。他察覺的時候，所在場所的毒氣濃度應該還不高。在身體受到影響之前，遼介就以魔法護盾包覆自己。

遠上家是「十」的失數家系。原本的姓氏是「十神」。

至於「十神」被剝奪數字的原因，就是現在保護他身體的魔法。

個體裝甲魔法「反應護甲」。

第十研的目的是打造出能保護重要據點與重要人物的魔法師。但是「十神」的「反應護甲」只能保護自己。

因此被剝奪數字。因此成為失數家系。

不過換個角度來看，如果只限於保護自己，那麼「反應護甲」擁有的強度不負「十」的魔法師之名。

說實話，「遠上」的性質和其他被當成不良品拋棄的失數家系不太一樣。「十神」沒能盡責成為保護國家心臟部位的「最強之盾」，改成預設當成獨自深入敵陣的特攻兵進行調整。

到最後還是無法達到預期，沒能成為足以左右戰局的關鍵，「十神」被驅逐成為「遠上」，不過他們的魔法已經改良……更正，改造到不輸「十文字」或「十山」的水準。

其中一點就是不必依賴ＣＡＤ也能即時發動。系統上和超能力不太一樣。可以先形成只包覆單手的想子膜──無系統護盾，再以此為基礎展開包覆全身的正式魔法護盾。

另一個特殊性質是自選的通透性。個體裝甲魔法是沿著身體形成，以魔法護盾將術士包裹得密不透風。預設用在戰場的這種護盾對毒氣也有效。

然而要是完全隔絕氣體，狹小的護盾內部立刻會陷入缺氧狀態。能防止這種狀態，讓術士能開著護盾持續戰鬥的巧思，就是自選的通透性。「反應護甲」的護盾可以讓比例上最適合呼吸的氫氧混合氣穿透，並且排出二氧化碳。氫氧混合氣是雙向穿透，二氧化碳只能單方向排出。

但是因為功能變得過於多元，所以最重要的重新展開次數無法增加，打造特攻兵的計畫只能半途而廢，這或許可以說是一種諷刺吧──只不過對於遼介或是他的父親來說或許算是幸運。

遼介披著這種個體裝甲魔法跑向真由美。

戴著防毒面具的可疑人物──進人類戰線的成員比較早行動，不過遼介把即將碰到真由美的成員踢飛，將真由美保護在身後並且擋住對方。

遼介沒抱起真由美。

他做不到。

「反應護甲」是個體裝甲魔法。只保護術士，拒絕術士以外的對象──雖說拒絕，卻也不像豪豬會傷害所有碰觸的對象，只是不准對方入內。

可以隔著護盾抱起他人、拿起物體。但是隔著護盾得不到觸感，不知道怎麼拿捏力道。

此外護盾不容許固體通過。不是消除動量，是排他性的物質控制。從護盾外部來看，這個狀態近似於穿著完全不會變形的透明板金鎧甲。要是在展開反應護甲的時候過於用力把人抱起來，被抱的一方或許不會只以疼痛了事。

如果不必考慮對方的感受，也可以將對方扛在肩上。但是不能粗魯對待女性。即使是為了遠離危險，也不能做出可能害女性受傷的舉動。

「■■■■！」

進人類戰線的成員喊著「不准礙事！」揮著像是特殊警棍的武器打過來。

隔著防毒面具的聲音很模糊，遼介聽不懂。

「我聽不懂你在說什麼！」

遼介如此回應，高舉左手，以前臂擋住對方揮下的警棍。

併用加重系魔法的這一棍，力道比看起來的沉重許多。要是正常接招，至少難免骨折吧。搞不好威力足以打爛或是打斷手臂。

然而遼介完全沒受傷。左手挨了伴隨重壓的這一棍只有稍微下沉。

個體裝甲魔法「反應護甲」，是因應遭受到的攻擊逐漸強化的魔法。挨了增幅慣性性質的警棍這一下，遼介的護盾其實一度被打破，卻在下一瞬間獲得針對「增幅動量的魔法攻擊」的強大防禦力，再度架設護盾。

雖然以防毒面具隱藏，不過以警棍毆打的這名男性，還年輕的臉上浮現慌張神情。然而進人類戰線為了達成目的，各成員大概都勤於進行嚴格的訓練吧——這個目的的妥當性與生產力就另當別論。

進人類戰線的青年立刻採取下一個行動。他稍微後退，這次是加重自己的整個身體往前踏，再度朝遼介揮下警棍。

然而……

這次甚至無法撼動接招的手臂分毫。

青年維持警棍出招的姿勢僵住（這是自我加重魔法的副作用），遼介朝他掃腿。

與其說掃腿更像是下段踢。

青年的身體以腰部為支點轉了四分之一圈浮起來，以仰躺姿勢摔在柏油路面。

遼介立刻追擊。

下段踢就這麼往下踩，掏挖倒地男性的心窩。

防毒面具後方發出「咕啊！」的哀號，青年手腳一度像是像是伸直般抽搐之後停止動作。放鬆的四肢顯示他陷入昏迷或是近乎昏迷的狀態。

看見同伴被打倒，進人類戰線大概認為遼介是在帶走真由美之前應該先除掉的敵人，四個人影包圍遼介。所有人都戴著防毒面具，不過從體型推測其中一人是女性。

「不妙……」看著他們的遼介這麼覺得。

不是因為被包圍。

是因為襲擊者——進人類戰線依然戴著防毒面具。

（代表他們使用的毒氣這麼難以擴散嗎……）

（這麼一來，七草小姐將會持續吸入毒氣。）

遼介沒有分析毒氣成分的知識與技能。

（後遺症的風險大約多少？）

此外，遼介不知道對方的身分。當然也不知道目的。

看起來沒要立刻下毒手，但是不確定是否顧慮到達成目的之後的真由美健康狀態。

（要是在這個狀態扔著不管，後遺症的風險會提高吧？）

不能維持現在的狀態。遼介如此心想。

他不擅長魔法。

不是不太擅長。

坦白來說是很不擅長——是罩門。

這或許是不得已的。他沒有系統性學習魔法的經驗。

別說魔法大學，甚至也沒上魔法科高中，在老家也沒受過使用魔法的訓練。

失數家系在日本魔法界是禁忌般的存在。四葉家憑著實力以及「不知道會做出什麼事」的行動力獲得「不可侵犯之禁忌」這個別名，不過失數家系從半個世紀前就是不人道的象徵，光是提及就是一種禁忌。形容得通俗一點就是視為「不願回想的黑歷史」。

在魔法相關人員之間，歧視失數家系是應該鄙視的行為。另一方面，令人聯想到失數家系的事物都會基於潛規則避談。包括名字、身分、成為數字被剝奪原因的特殊魔法。

所以遼介只被父親灌輸了刻意不發動反應護甲的控制方法。不同於其他魔法，反應護甲是不使用CAD也能發動的特殊魔法，因此灌輸的時候格外嚴厲又神經質。

只不過，在遼介這樣的年輕世代之間，幾乎不再覺得失數家系有什麼禁忌，所以他父親的教育或許可以說是錯誤的。父親自己大概也這麼認為並且有所反省，雖然遼介不知道，不過父親教育小他七歲的妹妹時大幅改變方針。

然而事實上，遼介十幾歲的時候沒立志成為魔法師，沒接受魔法教育。他全心投入的不是魔法而是武術的修行。

所以除了徹底被迫練習控制方式的反應護甲，其他魔法都無法發揮滿意的水準。遇見蕾娜之後，遼介為了成為她的助力而自學魔法，FEHR的同伴們也有教導魔法，但是遼介依然不擅長使用魔法。

（就算這樣，如果是這種程度的魔法……！）

遼介就這麼維持反應護甲，同時發動「下降旋風」。

從上空拉下來的新鮮空氣塊打中地面之後，會成為向外擴散的旋風，吹走滯留的毒氣——本應如此。

遼介瞥向身後。頭髮凌亂的真由美沒有起身的徵兆。就算周圍的毒氣消失，大概也無法輕易擺脫影響吧。遼介只能相信狀況有所改善。

進人類戰線沒放過遼介移開視線的短暫空檔。兩條繩索從兩側擲向遼介。不，這不是繩索，是細細的鎖鏈。每隔一定的距離繫上重錘。

這個武器叫做「自在鎖」，是製作給魔法師使用的隨身武器。加速系魔法精細作用在每個重錘，將鎖鏈當成生物般操作。這種武器不太需要魔法方面的力量，但是使用的時候需要技術。

進人類戰線的兩人似乎具備足夠的技術。扭動的鎖鏈纏住遼介雙手，封鎖他的動作——看似如此。

（這種程度！）

遼介在武器術的修行屢次經歷這種狀況。他高中時代拜師的數名武術家之中，有一名老人繼承「捕繩」的技術。這位老師操作的繩索動作更為複雜又精緻。

（至少不是這種留下縫隙的綁法！）

遼介反覆精細、複雜地揮動右手臂。乍看是自暴自棄胡亂揮動手臂，但其實是依循武術法則的動作。

進人類戰線的術士當然也沒默默旁觀。他們讓魔法作用在鎖鏈上的重錘，試著阻止遼介的動作。

然而鎖鏈捆綁在個體裝甲魔法的護甲表面。那裡是遼介的魔法產生作用的空間。進人類戰線的魔法被遼介作用於反應裝甲的事象干涉力擋下，沒能傳達到鎖鏈上的重錘。

捆綁遼介右手臂的鎖鏈鬆脫。

遼介猛然跳向以鎖鏈捆綁他左手臂的男性。

二公尺的距離一口氣拉近，右拳打中對方心窩！

由於包覆著反應裝甲，遼介的拳頭毫不誇張具備鐵拳的強度，一拳打昏男性。

這時候，還站著的三人之中，某人釋放強力的魔法氣息。

匹敵遼介反應裝甲的魔法力被釋放出來。

不像遼介的魔法凝聚在狹小空間，半徑至少十公尺的寬敞空間充滿魔法力。

魔法即將作用的空間中心是真由美，遼介也包括在這個範圍。干涉力不足以侵蝕他的魔法裝甲。相對的，這個魔法將他連同反應裝甲的護盾吞噬。

出現黑煙。

視野立刻被黑煙覆蓋。

遼介直覺理解到這是敵方魔法造成的。

而且也直觀得知這股黑煙不只是要遮蔽視野。

黑煙沒入侵反應裝甲內部。

然而真由美完全暴露在這股黑煙之中。

（——！再一次！）

遼介發動下降旋風。

朝著真由美吹下的風吹走黑煙——暫時吹走。

然而黑煙立刻回復，覆蓋真由美的身體與遼介的視野。

（唔……再一次！）

覆蓋遼介身體的護盾將射來的子彈彈開。看來在這股煙幕之中，敵方依然有術士能正確辨別誰在哪裡。

遼介無視於槍擊，第三次使用下降旋風的魔法。

然而這只是重演剛才那一幕。在濃度再度增加的黑煙中，遼介跑到真由美身旁。

然後再度以魔法吹開黑色氣體。

視野清晰之後，遼介解除了反應裝甲。

最初打倒的男性仰躺在真由美旁邊。

遼介從他臉上剝下防毒面具，不是自用，是戴在真由美的臉上。

這麼一來，真由美再也不會被毒氣侵蝕了。他鬆了口氣。

——這是嚴重的粗心之舉。

還沒再度展開反應裝甲，自在鎖就捆住遼介的脖子。

他無法在緊貼自己身體的位置形成護盾。遼介發動個體裝甲魔法時，除了踩踏地面的腳底，身體周圍至少需要三公分以上的縫隙。

接觸身體的是液體就算了，如果是固體，就只能以完全包覆在內的形式展開反應裝甲。不過個體裝甲的護盾最遠只能建構在距離身體三十公分的位置，若要涵蓋長達三公尺以上的鎖鏈，以這個魔法的性質來說是不可能的。反應裝甲是要等護盾展開完畢再進入戰鬥的魔法。

遼介想要打倒操作鎖鏈的術士突破現狀。

然而鎖鏈固定為伸直的狀態，他無法接近術士。

黑煙濃度增加，吞沒遼介。

遼介閉上眼睛，停止呼吸。但他能做的僅止於此。

——萬事休矣。

——就在差點放棄的這個時候……

——往下吹的一陣疾風，將黑煙全部吹散！

遼介的魔法幾乎無從比擬，強力的「下降旋風」。

大概是出乎意料的演變使得術士陷入驚慌，捆住遼介脖子的自在鎖鬆開。

遼介用手取下鎖鏈，在清晰的視野裡再度發動反應護甲。

敵人流露出驚慌不已的氣息，試著產生魔法黑煙覆蓋周邊區域。

然而……

不只是這名男性，包括手拿自在鎖的男性以及舉槍的女性，乾冰彈幕襲向所有敵人。

看似隨機攻擊的彈幕精準只射向四肢。

持自在鎖的男性以及持槍的女性四肢流血倒下。

不到噴血那麼嚴重，是長袖以及包到腳踝的衣褲滲血的程度。他們穿的衣物大概也有簡易的防彈功能吧。看起來也沒骨折。不過中彈的衝擊重創兩人。他們別說起身，甚至沒有爬行逃走的舉動。

只有產生黑煙的術士在乾冰彈幕撐下來了。但是兩條手臂好幾個部位滲血。看來不是以魔法護壁擋下的。恐怕是衣服的防彈性能比另外兩人好，或者也可能單純是很能忍痛。

遼介一時衝動想要轉身。剛才的彈幕八成……不，肯定來自真由美。

七草真由美的別名是「精靈射手」。她使用乾冰射擊的戰法名聞遐邇，和日本魔法界沒什麼交流的遼介也有耳聞。

她的技術比傳聞中還要高超。空氣中的二氧化碳只有千分之一的一半以下，真由美卻能製作那麼人量的乾冰，其魔法容納力與事象干涉力超過遼介的想像。

（這就是十師族嗎……）

遼介內心冒出稱讚與嫉妒交加的感慨。

但他壓抑想轉身的衝動，也壓抑嫉妒等其他各種情感，衝向黑煙術士。

遼介感覺到對方朝他使出魔法攻擊。

但他沒停下腳步。甚至沒擺出防御姿勢。

現在就相信吧。

相信至今大多成為人生重擔的失數家系魔法。

遼介筆直揮出拳頭！

包覆個體裝甲的遼介拳頭突破對方的魔法護盾。

打入製造黑煙的魔法師心窩。

男性發不出聲音無力倒下。

向前趴倒，臉部撞向路面的衝擊，使得男性的防毒面具脫落。

「這傢伙是……？」

遼介對這張側臉有印象。

深見快宥。前幾天闖進遼介房間，自稱「二」之失數家系的男性。

「……遠上先生。」

一個莫名模糊的聲音，有所顧慮般從遼介背後搭話。

雖然和平常聽到的聲音不同，但依然聽得出是真由美。

遼介轉過身來——差點笑出聲。

真由美依然戴著防毒面具。時尚淑女套裝與粗獷防毒面具的組合實在不平衡，不對，應該說古怪。

看到遼介僵住的表情，真由美大概察覺自己的狀態，連忙取下面具。

「那……那個……」

真由美單手拿著防毒面具害羞臉紅，不等遼介回應就說下去。

「謝謝你救了我。」

真由美說完恭敬鞠躬。

重新聽到這句道謝，遼介有點不好意思。

就算這樣，他也不能保持沉默。

「那個……沒受傷嗎？身體狀況怎麼樣？」

遼介好不容易擠出普通的關心話語。

「沒受傷。身體也……」

此時真由美稍微歪過腦袋。泛紅的臉蛋回復為平常的氣色。

「就像是完全沒事一樣清……一如往常。」

真由美原本要說的是「清爽」。雖然下班回來很累卻算是一如往常。她基於這個意思改口。

「這樣啊。大概是很快就失效的藥物吧。話說回來，為什麼用這麼快就失效的毒氣……？」

遼介詫異般歪過腦袋。

他後半段的話語是自言自語。

「不……」

所以真由美沒明確回應遼介的疑問。只不過她內心有另一個答案。雖然顯示在真由美的表情上，陷入自身疑念的遼介卻沒察覺。

◇◇◇

真由美是在魔工院員工宿舍前面被進人類戰線襲擊。

其實員工宿舍的監視器拍下整段過程，轉播的影像在四葉家東京本家被即時收看。

「看來解決了。」

「警方立刻就會來接收進人類戰線的成員吧。」

聽到莉娜低語的亞夜子敏銳反應。

「警方已經出動了？」

聽到這句話的深雪詢問亞夜子。

「我剛才報警了。因為這邊已經準備完畢。」

「由文彌準備？」

「是的。按照計畫進行。」

亞夜子露出壞心眼的微笑。

「要是知道我們早就掌握襲擊計畫，真由美應該會生氣吧。」

莉娜也以類似的表情微笑。

「以防萬一的準備很周全，而且結果沒有留下實際的危害，所以沒問題的。」

對於莉娜不像是發自內心的這句批判，亞夜子以若無其事的語氣說。

「雖說沒有實際的危害，不過那種毒氣其實相當危險吧？」

「沒問題的。即使是正常治療，後遺症也肯定一個月就會消失。」

亞夜子這段話相當冷酷。

不過她和真由美沒有交情。如果為了目的必須這麼做，而且一併考量黑羽家的性質，她對外人無情或許也在所難免。

依照亞夜子說的後續計畫，不只是遼介打倒的五人，還有領袖吳內杏以外的進人類戰線十八名成員，也會在魔工院員工宿舍附近停靠的小型巴士被警方發現。

「總之，以結果來說沒發生任何問題……真由美是達也治好的吧？原本昏迷的她居然可以那麼突然加入戰鬥，只可能是達也的魔法。」

「達也大人肯定也在巳燒島觀看同樣的影像。」

對於莉娜的詢問，深雪只這麼回答。

◇　◇　◇

「離開現場。快點！」

在魔工院員工宿舍不遠處的路上，文彌進行撤收的指揮。

部下們都是黑衣加墨鏡。文彌穿著亮色的高級西裝，厚底皮鞋與名牌墨鏡。乍看是傳統暴力集團的風格。

光是這身打扮就不容許善良市民接近，但現在周邊沒有人影不是這個原因。

文彌坐進高級國產車。這種房車雖然高級卻也會當成計程車使用，算是很常看見行駛在路上的車子，比較不用擔心只以車種就被查明身分。

附近停著一輛包租的小型巴士。車上是十八名昏迷的進人類戰線成員。是在飛驒高山被文彌他們逮捕，暫時收容在這座伊豆半島內陸私人監獄的那群人。依照設定，他們都是不小心吸入自己準備的毒氣而昏迷。

「少主，善後工作完成了。」

副駕駛座的黑衣人如此報告，文彌沒有盡信，也主動確認驅離行人的結界已經解除。

「好，出發。」

載著黑羽家特務部隊的三輛房車駛離。

警察來到這裡是五分鐘後的事。

◇　◇　◇

事件發生不到十分鐘，警察就趕到魔工院員工宿舍前方，真由美遇襲與遼介戰鬥的現場。正確來說，警察是在遼介打倒深見快宥的八分鐘後抵達。遼介與真由美兩人都為了證明自己的清白而主動報警，留在原地等待。

然後現在是晚上九點多。

「唔～～……終於肯放我們走了。」

走出警局的真由美用力伸懶腰，以疲憊的笑容向遼介說。

兩人在晚上六點半左右被帶到警局，算起來偵訊持續了兩小時以上。真由美與遼介都無從判斷這樣是長是短，兩人都是第一次以嫌犯身分接受偵訊。

員工宿舍管理公司提供的監視器影像，很快就證明真由美遇襲、遼介出手搭救的事實，卻被警方質疑防衛過當。

被遼介毆打的男性們不只骨折，內臟也受傷。被真由美射擊的男女傷口嚴重凍傷。確實難免被質疑防衛過當。

不只如此，真由美沒有毒氣的後遺症也讓事情變得麻煩。雖然鏡頭拍到黑煙，但警方不認為毒氣的危險度足以造成重傷。

後來從路面採取的殘留物查明使用的毒氣很可能留下嚴重後遺症，加上七草家的顧問律師與魔法人聯社的顧問律師向警方施壓，兩人終於在這個時間解脫。

此外，在現場附近發現十八人在小型巴士裡昏迷不醒，剛開始以為是哪個案件的受害者，不過在車上找到會造成記憶障礙的毒氣容器，所以等他們清醒之後，也會預設他們可能是嫌犯並且進行偵訊。

「是啊……沒想到會拖到這麼晚。」

遼介看向手錶，發出憔悴的聲音。家事幾乎由家庭自動化系統包辦，所以自己做飯並不是麻煩事，不過今晚已經只想沖個澡就倒頭大睡了。

「——遠上先生，要不要就這麼在外面吃飯？」

真由美唐突這麼說。

「意思是要外食嗎？和我？」

遼介半信半疑這麼問，真由美笑著點頭。

「是的。請讓我請客，當成你今天救我的謝禮。」

「咦，不，這種事不用啦。畢竟剛才妳也在我危險的時候救了我……」

遼介連忙婉拒真由美想要請客的要求。

「……不願意和我一起吃飯嗎？」

不過聽到她以落寞表情這麼說……

「呃，不！不不不！絕對沒這回事！」

遼介慌張起來，更加不知所措。

「那麼，願意和我一起吃飯吧？」

「是……是的！樂意之至！」

就這樣，遼介決定和真由美在員工宿舍附近的餐廳共進晚餐。

……可以說是小惡魔充分發揮了本領吧。

結果遼介和真由美進入同一間餐廳，餐費由女方負擔。

此外，兩人都和普通成人一樣享用餐前酒與餐後酒喝得醉醺醺的，卻沒有進展到同床共枕。

◇　◇　◇

真由美與遼介還在被警方追查清白證明的晚上八點半。

達也在四葉家東京總部大樓的ＶＩＰ餐廳，比真由美他們早一步享用遲來的晚餐。這裡正如其名是只有四葉家ＶＩＰ及其同伴才能利用的一種會員制餐廳。

圍坐同一張餐桌的是達也、深雪、莉娜、文彌、亞夜子等五人。

這五人決定聚餐的兩天前，深雪與亞夜子各自堅持「想親自下廚招待大家」不肯退讓，所以這次利用這間餐廳。

所有人喝完餐前酒之後（文彌與亞夜子明天過二十歲生日，所以嚴格來說未成年，但兩人基於工作性質都不是第一次喝酒），達也說「看過兩小時前的影像了嗎？」詢問另外四人。

「看過。我和莉娜與亞夜子一起看了。」

「我沒看，但是知道狀況。」

深雪與文彌接連回答達也的問題。

這裡說的「兩小時前的影像」，是真由美與遼介被進人類戰線餘黨襲擊時打倒他們的影像。

「這樣啊。」

前菜在達也點頭之後上桌。

等到前菜在所有人面前擺好，達也繼續這個話題。

「錢德拉塞卡博士寫給蕾娜・費爾的親筆信將由遠上轉交，原本是請莉娜陪同，我想改成拜託七草小姐。各位說說自己的意見吧。」

「我不去沒問題嗎？」

聽到達也這段話，莉娜率先反問。

「我要請莉娜暗中看守，別讓遠上知道。」

對於達也的回答，莉娜以掃興語氣說「這樣啊……我知道了」點點頭。

「什麼嘛。所以達也先生也認為遠上遼介無法信賴吧？」

亞夜子接在莉娜後面這麼說。

這次是莉娜一副「沒錯沒錯」的模樣，點頭回應亞夜子的話語。

看來她們兩人對於遼介的評價都是「無法信賴」。

「但我覺得他今天打得很漂亮啊？」

文彌向兩人提出異議。

「他冒著自己受傷的風險，為七草小姐戴上防毒面具吧？對同伴的互助精神還算不錯吧？」

「他那樣不是互助或愛護同伴，只是魯莽又天真罷了。」

亞夜子反駁文彌。

「即使如此，他也確實不顧自己的危險，為了拯救同伴而行動。」

「文彌認為遠上先生可以信賴嗎？」

文彌再度反駁亞夜子之後，深雪這麼問。

「我認為可以信賴。」

「他是ＦＥＨＲ的間諜耶？」

這是莉娜的指摘。

「只要我們沒忘記他是間諜就沒問題。我可沒說要在各方面全盤信賴他。」

「說得也是。」

達也在這時候插嘴。

「不過，說起來並不是能否信賴的問題。我派遠上擔任使者，是因為那傢伙在這件事派得上用場。」

「……意思是他背叛的可能性也在計算之中？」

亞夜子以難掩困惑的語氣詢問達也。

「沒什麼背叛不背叛的，遠上從一開始就是ＦＥＨＲ的人。」

「……既然這樣，為什麼要派遠上先生？」

發問者改成深雪。

「因為對於ＦＥＨＲ來說，和協進會合作也會帶來利益。」

達也的回答很明快。因為會為ＦＥＨＲ帶來利益，所以遼介會忠實盡到職責。這就是達也選擇他的理由。

「那麼為什麼要叫我監視？」

莉娜這麼問不是在挑語病，是真的感到疑問。

「不是監視，是看守。」

「……哪裡不一樣？」

「您認為協進會與FEHR的合作可能會被阻撓？」

深雪這句話是對達也發問，同時也是回答莉娜的問題。

「請七草小姐陪同，是為了防止日本當局——政府、軍方或魔法協會介入。請莉娜看守是為了應付USNA國內勢力的干涉。」

莉娜對於達也的回答露出接受的表情。

「這樣啊……Okey，達也。不過在這段期間，深雪的護衛怎麼辦？」

「這次只是轉交親筆信。應該不會太久。這段時間由我陪在深雪身旁。」

聽到這段話，深雪眼神閃亮。

「莉娜，妳很久沒回美國吧？多待幾天沒關係的。」

深雪的話語表面上是關心莉娜，不過包括達也在內，所有人都明白她的真心話。

笑聲籠罩餐桌的這時候，服務生端來下一道料理。

溫暖笑聲打造的愉快氣氛，直到晚餐最後都照亮餐桌。

[14] 進人類戰線（後續）

六月十一日，星期五傍晚。

遼介從魔工院早退，來到警局。

雖說早退，但魔工院的勤務形態非常彈性，所以只是「比平常早下班」的意思。只是遼介即使沒被強迫規定，平常也遵守「早晨上班，傍晚回家」的生活作息。唯獨今天比平常早一小時以上離開辦公室，是因為昨天警察叫他今天過去。

關於真由美前天在員工宿舍前面遇襲的事件，防衛過當的嫌疑已經洗刷。今天叫遼介過去不是偵訊他，是委託他協助辦案。

前天激烈針鋒相對（當然是口頭上）的年輕刑警現身，帶遼介前往面會室。不是數位化的面會室，是隔著透明隔板和嫌犯面對面，現代罕見的傳統形式。不過隔板毫無縫隙，連一根針都無法穿過，這一點和以前不同。感覺這樣的話聲音也會被隔絕，不過這部分以材質的進步解決。

透明隔板另一側已經坐著和遼介同年代的青年。這是和對方第三次見面，他的名字是深見快宥，「二」的失數家系。和年輕刑警搭檔的年長女刑警在昨天告訴遼介，這個人是進人類戰線這個組織的副領袖。

之所以找遼介過來，是因為深見強烈要求和他談一談，表示沒和遼介談過就不肯接受偵訊。對刑警說這種話真是膽大包天，不愧是犯罪組織的幹部，聽完原委的遼介如此心想。

不惜提出害自己立場惡化的這個要求，到底想談什麼？遼介抱持這種興趣，因此爽快答應警察的請求。

「遠上……」

察覺遼介入內的深見抬起頭。

他不像第一次見面時稱呼「遠上先生」。當時的軟弱態度大概是裝出來的，現在看起來反而傲慢又神經質——不過或許現在這副態度才是虛張聲勢。

「聽說你有話想和我談。」

遼介在坐下的時候搭話。深見心情平靜，至少沒有看見遼介就暴動的徵兆。

「是有事情想請教你。」

他說得禮貌，高傲的印象卻沒變。雖然用詞算是客氣，但是語氣像是瞧不起人。

「想問我？」

「對，為今後做準備。」

遼介皺起眉頭。

「就算你說為今後做準備，但我在日本與美國都沒有服刑經驗，沒辦法為監獄生活提供什麼建議啊？」

這段話當然是開玩笑的。不過深見肯定會被判處徒刑。魔法師罪犯幾乎不適用於緩刑。雖然像是都市傳說，但相傳服刑期滿成功重返社會的案例也幾乎不存在。遼介不認為深見有「今後」可言。

「我不需要什麼建議，反正派不上用場。」

他的口吻像是即使收容在刑事設施也能立刻獲釋。

「這話是……不，沒事。」

遼介想詢問這段話的意思，卻打消念頭。深見背後或許有權勢強到能扭曲司法的人物撐腰，但遼介認為和自己無關。

「所以？既然不是要我建議，那你想問什麼？」

「遠上。你對我們身邊的社會環境感到絕望嗎？」

遼介眉頭一顫。但他展露的情緒變化僅止於此。強烈的情感反而從他的臉部肌肉遠離。

「對什麼感到絕望？我想得到的選項太多所以不知道。」

聽到遼介的回應，深見「哼……」輕聲哼笑。

「這是無聊的玩笑話。」

「我自認不是在開玩笑。」

遼介的聲音與表情顯露不悅。實際上，令他絕望的經驗光是回想就不計其數，多到懶得隨口就說出「感到絕望」的程度。

「恕我失禮了。我換個方式請教吧。你認為失數家系的境遇不合情理嗎？」

「認為。」

遼介無須多想就立刻回答。回答之後甚至有一股「為什麼明知故問」的憤怒掠過腦海。

「你曾經對此策劃過抗議行動嗎？」

深見接下來這個問題，遼介只搖頭回答「沒有」兩個字。

「之所以沒抗議，是不是因為知道出聲抗議也沒用而絕望？」

「沒錯。」

承認深見的這句斷定時，遼介內心不覺得抗拒。

現代的日本魔法界禁止迫害失數家系，從不久之前，歧視失數家系被視為一種可恥的行為。如今只要別令人想起失數家系的身分，就還是可以取得執照，也能以魔法師的身分維生。

另一方面，失數家系的拿手魔法不被魔法界接受。只有「數字被剝奪原因的魔法」以外的魔法能被承認。只要鑽研拿手魔法以外的魔法，確實可以得到和其他魔法師同等的待遇。不過明明是相同領域的技術，最拿手的技術卻不被認同，明顯是一大劣勢。

但若以這個事實提出「失數家系依然持續受到歧視」的訴求，最後只會被不理不睬。因為除了壓倒性少數的失數家系之外，沒有任何人會困擾。遼介知道這一點，所以連試都懶得試。

「關於魔法師受到的人權侵害呢？你認為無法原諒嗎？」

「嗯，認為。」

「但你什麼都沒做。」

「是的。」

「因為覺得採取行動也沒用？」

「嗯。」

魔法資質擁有者（魔法人）與沒有魔法資質的普通人（多數派），兩者的關係在某些方面類似失數家系與普通魔法師的關係。魔法人即使訴求人權受到侵害，也因為「不影響多數派」或是「多數派要求有所區別」而被無視。

少數派再怎麼大聲疾呼，要是推不動輿論就無法立下任何成果。

這個道理不只適用於魔法人。

「遠上。你是對的。這是正確的做法。」

深見說完這段話之後，眼神突然帶著凶光。

「但是我沒辦法投身於這種絕望！我為了矯正錯誤而向輿論提出訴求！」

深見的聲音帶著惡毒的熱度，彷彿火山口噴出的瘴氣。

「而且，果然是白費力氣！即使再怎麼正確，人們也不會聽一個毫無實力與實績的人說些什麼。」

「力量要憑著實績為人所知，實績是自己創造的。」

遼介指摘深見的誤解。「推動輿論」這個實績是靠著不斷大聲疾呼而創造的，人們見狀才會承認對方擁有推動社會的力量。

「一點都沒錯！」

不知道深見想到什麼，他大幅點頭同意遼介對他的忠言，或者說是挖苦。

「所以我們決定創造實績！既然沒有以合法手段創造實績的力量，就算在某種程度犯法也在所難免！」

「沒力量的話，或許如此吧。」

遼介說的「力量」肯定不是深見說的「力量」。但遼介不覺得自己有義務說明這麼多。

「遠上，你為什麼不這麼做？為什麼阻撓我們？」

「即使現在沒有能像世間展示的實績，我也不會選擇犯罪手段。」

「即使就這麼無力又一事無成嗎？」

「沒錯。」

「為什麼？」

深見情緒激動，在大喊的同時起身。

在後方預備的警察架住深見。

深見激烈掙扎想擺脫警察的拘束。

「——因為那個人不希望這麼做。」

不過，聽到遼介平穩又堅定不移的回答，深見突然停止暴動。

「……這樣啊。看來你是那個人的奴隸。」

「雖然那個人不希望這樣，但我覺得成為奴隸也無妨。」

深見像是心魔遠離般安分下來。

「……遠上。我對你沒什麼好說的了。應該也不會再見面了吧。」

「我也不想見你就是了。」

深見沒繼續多說什麼。

遼介轉身面向帶他前來的刑警，看見刑警點頭之後離開面會室。

◇◇◇

六月十二日，星期六。達也招待將輝吃晚餐。

場所不是四葉家大樓，是東京都心的傳統日式高級餐廳。政治家用來密談，在某些人之間很有名的店。

達也不是獨自一人，而是帶深雪赴約。不過並不是企圖藉此更方便和將輝談事情。這種想法不只對將輝，對深雪也很失禮吧。

實際上，即使深雪為將輝倒酒邀他享用，將輝依然沒迷失自己的立場，判斷力也沒遲鈍。

「……換句話說，四葉家是偶然抓到進人類戰線的領袖？」

「沒錯。領袖吳內杏藏身在十六夜家當家弟弟宅邸的情報，是從某位大人那裡獲得的。盤問之後得知她是襲擊糸魚川博物館與飛驒高山挖掘現場的進人類戰線領袖。」

「某位大人？」

「沒錯，是十師族不能忽視其意向的大人物之一。」

看來將輝沒聽聞元老院的事。達也看他的反應如此心想。

不過將輝即使內心沒底，似乎也察覺不應該詳細追究這件事，沒有繼續詢問情報出處。

「十六夜家是同夥嗎？」

他改問這個問題。

「說來遺憾，沒找到十六夜家和進人類戰線是共謀關係的證據。再怎麼可疑也不能毫無證據就出手。」

「四葉家也不能嗎？」

「…………」

「……抱歉，我失言了。」

將輝這句話等於把四葉家當成目無法紀的集團。

受到達也無言的責備，將輝率直低下頭。

「不，我也太輕率了。十六夜家的事情麻煩當成沒聽過。」

達也以這種說法接受將輝的謝罪。

「知道了。」

「然後，關於我們抓到的進人類戰線領袖，我想交給一条家。」

聽到這個要求，將輝疑惑蹙眉。

「為什麼要交給我家？就這麼當成四葉家的功勞不就好了？」

將輝剛這麼問完，房外就傳來「您的客人到了」這個聲音。

「請讓她進來。」

達也立刻回應。

「除了我還邀請別人過來嗎？」

拉門幾乎在將輝發問的同時開啟。

「不好意思……我來晚了。」

道歉入內的身影是真由美。

「不，請別在意。今晚我不是魔法人聯社的理事，而是以四葉家成員的身分邀請，要向您進行謝罪與說明，所以不必這麼拘謹。」

達也說完邀真由美坐在將輝旁邊。

真由美的料理上桌之後，將輝立刻詢問達也「這是怎麼回事」。

達也沒直接回答這個問題，首先整個人面向真由美向她道歉。「七草小姐，前幾天害您受到波及真的很抱歉。」

「……沒關係，這不是司波先生或四葉家的錯。」

真由美微微搖頭。

「不好意思。」

達也再度和深雪一起低頭致意。

然後回復為原本的姿勢，面向將輝。

「其實前幾天，進人類戰線的餘黨襲擊七草小姐。他們已經被警察逮捕，不過好像是要拿她當人質要求我們釋放被抓的領袖。」

「原來發生過這種事啊……」

將輝看向真由美。

真由美以眼神承認這個事實。

「那些傢伙說『全體成員就這些了』，但實際上不得而知。現在除了七草小姐，我們也聘請八代隆雷先生來到魔法人聯社任職。我想避免更加造成其他十師族的困擾。」

「所以要將領袖引渡給一条家……？」

將輝露出「原來如此」的表情。

「從糸魚川博物館的事件開始，進人類戰線引發的事件始終屬於一条家管轄。雖然基於不得已的原委變成由四葉家逮捕領袖，但我想拜託一条家將領袖引渡給軍方。」

達也以滿口謊言說服將輝。

不過這對一条家來說也有利。最重要的是在國防軍面前很有面子。將輝沒有懷疑達也這番話的根據、理由與動機。

「——知道了。該名領袖就暫時由一条家接管吧。」

「拜託了。然後……七草小姐。」

達也再度整個人面向真由美。

「四葉家放棄逮捕進人類戰線領袖的功績，想藉此對七草家負責。可以請您就此接受嗎？」

真由美從一開始就沒有責備達也的意思。但她同時也理解到自己這種人不能忽視「責任」的歸屬。

「知道了。我以七草家長女的身分接受這份誠意。」

真由美也恭敬回禮。

……就這樣，達也順利完成真夜所交付「把抓到的進人類戰線棘手人員處理掉」的任務。

真夜交付給達也的任務是「和一条家交涉進人類戰線俘虜的引渡事宜」，實際的引渡程序不包含在任務之中。

引渡程序也在隔天的星期日，由四葉家與一条家的實務部隊合作順利完成。

◇◇◇

一条家從四葉家接收吳內杏之後，在第二天引渡給國防軍。

國防軍以襲擊飛驒高山陸軍軍營的嫌疑偵訊吳內，卻查不到她直接涉案的證據。吳內杏的身分是平民，無法在軍事法庭制裁。憲兵隊無望以襲擊國防軍設施的嫌疑向檢察官起訴她，所以將她交給正在偵訊進人類戰線的警方。

但是警方也無法證實吳內直接參與這一連串的事件。她始終沒接近犯罪現場，也沒得到證詞顯示她有教唆煽動的事實。

結果警方在七月釋放她，改成只在暗中監視她的消極處置。

然後吳內杏在獲釋當天就擺脫警方監視，就這麼銷聲匿跡。

〈待續〉

後記

為各位獻上《魔法人聯社》第二集。各位看得愉快嗎？

雖然這麼說很突然，不過作者沒去過舊金山。頂多只到過夏威夷。原本想為了寫這次的劇情前往當地取材，可惜因為疫情的關係沒能如願……但我這麼說是騙人的。即使沒疫情也沒這種時間。不知道「作家是自由業」這種話是誰說的。

總之，時間不夠肯定比時間太多來得好。因為這代表有工作可以做。

作家是承包業。不寫作就沒有收入，即使寫出作品，出版社不收的話同樣沒收入。

在本書也寫到「人並不是為了吃而活下去，但是不吃就活不下去」。若要寫得煞有其事就是「人活著不是單靠食物，然而不靠食物就無法活著」。

而且不只是寫作，閱讀也需要花費時間。最近缺乏閱讀，總是沒有外出的意願。我也覺得自己是家裡蹲的體質。

這次主角在劇中提到史前魔法文明的存在。我是相信史前文明的那一派，認為神話就是反映史前文明的記憶。

不過雖說相信，也只是覺得「有的話就好了」的程度。說穿了是一種妄想。沒有試著以學術角度證明史前文明存在的熱情。說來可惜，我無法成為施里曼那樣的考古學家。

別說田野調查，我甚至沒有仔細解讀文獻的毅力。比起這麼做，我選擇隨心所欲創作故事。這一面或許顯示我從以前就傾向是小說作家。其實為了寫作這一行，我應該多多閱讀神話或傳承之類的古代著作才對。

今後我的小說應該也會出現「虛構史前文明」這種妄想的產物。

總覺得世間朝著愈來愈壞的方向前進。希望這真的是作家的妄想。但願黑暗時代來臨這種事只發生在虛構作品就好。

那麼，謝謝各位陪我一起走到這裡。下一本預定是《天鵝座》第二集。下次也請多多指教。

（佐島　勤）

（註：以上為日本方面的情況。）

除了我之外，你不准和別人上演愛情喜劇 1 待續

Kadokawa Fantastic Novels

作者：羽場楽人　插畫：イコモチ

戀愛不公開真的OK嗎!?
從情人關係開始的愛情喜劇衝擊性登場!!

不懼對方冷淡的態度持續追求一年後，我終於博得心上人的青睞。她性格好強，戀愛防禦力居然是零，我想曬恩愛的欲求達到了極限！可是，她卻禁止我在眾人面前跟她卿卿我我？而且私底下兩情相悅的我倆，卻出現了情敵……？

NT$200/HK$67

賢者大叔的異世界生活日記 1~11 待續

Kadokawa Fantastic Novels

作者：寿 安清　插畫：ジョンディー

在雪山來場真正的狩獵!!
大叔和亞特為了小邪神要幹掉「龍王」！

「這根本不是ＲＰＧ，簡直是那個真正在狩獵龍的獵人遊戲了嘛……」為了讓小邪神復活，傑羅斯和亞特受到觀測者索拉斯的請託，要去打倒龍。然而他們卻在前去採集藥草的雪山裡，碰巧遇上了暴雪帝王龍——!?兩人居然要挑戰最強生物「龍王」！

各 **NT$220~240/HK$73~80**

新妹魔王的契約者 1~13（完）

Kadokawa Fantastic Novels

作者：上栖綴人　插畫：大熊猫介

大人氣官能戰鬥小說堂堂完結!!
刃更將八位跨界美女一次娶回家!?

未收錄於文庫本的增修短篇，與新寫篇章交織而成的超豪華傑作集，為本系列帶來最美的結局！東城刃更與澪、柚希、萬理亞、胡桃、長谷川、潔絲特、七緒、賽莉絲等八位最美的新娘們，將以婚禮結下更勝主從誓約的情感聯結。

各 **NT$200~280/HK$55~90**